聆听

与一只鸟相遇的最好方式

（英）西蒙·巴恩斯 著

邢杴森 喇奕琳 罗雅方 译

新星出版社 NEW STAR PRESS

新经典文化股份有限公司
www.readinglife.com
出　品

目录

听鸟头一年

第二个春天

第一个冬天

通往耳朵的音乐传送带

　　想象一下你正坐在酒吧里。我猜大部分人的想象力是可以延伸到那儿的，如果有困难就试试咖啡馆或其他地方。重点是想象那儿正播放着高过人声的音乐。

　　但你并未意识到那些音乐。并不是没留心放的哪首歌，而是根本没注意到有音乐的存在。那只是模糊背景的一部分。你阅读，等朋友，或是和同伴聊天，毫未察觉自己在提高音量去盖过背景声。

　　忽然你意识到他们在放那首歌，就是那首，你听过。那旋律突然穿破室内的闷热空气直抵你清醒的意识。是的，这是个奇妙又精彩的瞬间，因为突如其来而惊喜。

　　此时此地这个声音突然被赋予意义，一闪灵光瞬间跳出失焦的背景，直达内心。刹那间，所有感官都觉醒了。每个音符、每种乐器、每个词语都变得分明起来，像一条私人信息，即使你知道它来自酒吧没有人情味的点唱系统，但它蓦然点亮了此地，点亮了你。

我想介绍给你的正是这样愉快的体验，它不像一首歌及它的余音那样短暂，而能与你相伴一生。当你步入森林或沿着海滨漫步，当你上班途中抄近道穿过公园，或者在花园小坐，萦绕在你周围的声音将会变得充满意义。每一只鸟都在为你歌唱。

生命之歌

鸟儿歌唱，每种鸟唱的都不一样。恰好听出差别的人也许觉得有趣，但这对鸟儿意义重大。鸟儿唱的是自己的歌，歌声最先传达出的基本信息便是它的种属。乌鸫对鸲鹟唱情歌，就像一个小伙子给猩猩献花一样徒劳。一只乌鸫听起来像乌鸫，这对确认它的身份至关重要。

柳莺跟叽咋柳莺（又称"棕柳莺"）看上去几乎没有差别。通常叽咋柳莺腿部的颜色更深一些，可无论人还是鸟，远远看过去都难以区别，况且仅靠这个特征区别也不会百分之百正确。如果你恰好在做鸟类环志工作，用雾网捕到一只柳莺，应该能把它与叽咋柳莺区分开，因为就各自的身形比例而言，柳莺的翅膀更长。这是因为叽咋柳莺最远只飞到欧洲南部，而柳莺飞往非洲过冬，需要更强壮的翅膀。但一只柳莺不可能用雾网去捕自己的同类，更无法拿卡尺量一量它的翅膀，因此它们通过声音来辨识对方。

稍后仔细聆听它们的歌喉时你就会发现，这些歌手长相相似，所唱的歌却完全不同。你不需要切实地看到。观鸟者不需要用眼睛辨别，用耳朵听就够了。如果你是个听鸟者，闭上眼也马上分辨得出。柳莺和叽咋柳莺都是听鸟高手，只要你愿意，你也能做到。

我们人类不同于大部分哺乳动物，它们有着高度发达的嗅觉。一根沾了狗尿味的路灯杆会让一只狗心醉，而在人看来，那仅仅是有些恶心。狗儿为之神魂颠倒，可能看来有趣，也可能有点恼人。但在狗的眼里，路灯杆就是刚出炉的《泰晤士报》，载着最新消息、社会专栏和流言蜚语。它用鼻子嗅一嗅，就知道哪只狗什么时候路过这里，然后就像进入了"网络聊天室"，抬抬腿也添上自己的大作。你对哺乳动物略加研究就会明白，它们生活中很多重要的事情都围绕排泄展开：在粪堆周围活动，飘洒尿液，四散粪便。人没有同等"装备"，不可能对排泄的重要性有相似体会。人类的鼻子也更为粗糙迟钝，如果说我们闻到的气味非黑即白，那狗闻到的就是五彩纷呈的细微差别。大部分鸟也不精于此道。虽然说一些兀鹫会通过气味来确定腐肉的位置，信天翁用同样的方式寻觅可做食物的鱼，欧夜鹰与楼燕的嗅觉也不赖，但气味对鸟的重要性远远不及对狗那么高。它们有其他交流方式，狗会撒尿，鸟儿则歌唱。

而且鸟的歌声能实现的，一堆粪便可做不到：它能触动人心。我确定有水獭曾出现在我家附近，唉，倒不是见过它们流线型的身体或听过它们美妙的歌声。不，水獭不唱歌，它们只会在显眼的地方留下一块粪便，通常最爱光顾的是桥下。我开心地在桥拱下发现了一块水獭粪便，盘成一坨并散发着臭鱼味，但我心动仅仅是因为粪便意味着有水獭来过，而不是为这团东西本身。一块粪便可能会触动一只水獭的心，但绝不是我的。像鸟儿一样，人也是视觉听觉并重的生灵。鸟儿让我们欣赏到缤纷的色彩，但它们最美的馈赠是歌喉，我们在鸟儿歌声中受到的触动，不亚于它们本身。

聆听鸟鸣不仅让我们成为更好的观鸟者，也让我们调整好自己的接收频率，倾听地球的声迹。

红胸鸲

鸟儿们在春天歌唱，所以想要听鸟最好从冬天就开始准备。大部分情况下，鸟儿鸣唱是为了开疆拓土、守卫家园，以及追求配偶、保护家庭。换句话说，歌唱家们几乎都是雄性，他们为繁衍生息而歌，春天正是求偶的季节。

春意最浓的时候，茂盛的树林或郊区的花园里都可以听见华美纷繁的啼鸣。拂晓时分，每一位心系繁衍的鸟先生都会拔高声调。盛春的晨曦合唱团精彩异常，让人心情为之一跃——这时你完全可以听出，是谁在唱、对谁唱、唱着什么。不过这并不适合开始练习听鸟的初学者，就像假如你想分辨管弦乐队中的每一件乐器，绝不会从贝多芬《第九交响曲》的最终章练起，但学会这个技能确实会令你在欣赏音乐时获得更美妙的感受，更深刻地体验到《欢乐颂》中的"欢乐"。

我们最好从聆听独唱学起。冬天的户外最好不过：挑一个宁静无风的晴朗冬日，在花园、公园或一小片树林中，你会邂逅那只红胸鸲。是红胸鸲，因为它们是唯一在整个冬季从头唱到尾的鸟儿，可以说几乎一唱一整年。而其他鸟儿在繁衍期结束后就收声了。红胸鸲和大部分鸟儿一样，在盛夏渐渐消声：这是它们虚弱的换羽期，它们不想在这时引起天敌的注意。当秋季来临，红胸鸲再次开始圈占地盘，雄鸟和雌鸟都唱着歌护卫家园。

当春季再次来临，红胸鸲便成双结对地守卫自己繁育的领地，通常他们不会更换伴侣。歌声也几乎从冬天一路唱进了春天。这段时间里，它们的乐章总是在清晨最先响起，在夜晚最后沉寂。

听吧，去听红胸鸲的歌唱，选一个冬日，或者从我们的播客①开始，最佳的学习方式就是聆听。我们很难用语言描绘大提琴的音色，或是用文字记述巴赫的大提琴组曲，但人类大脑中有一块区域是用来记忆声音的，无须着意分辨，通过聆听就能激活它的能力。全神贯注地去听，很快你就会发现耳中的音律已经深嵌记忆。不久你就可以不假思索地判断出自己所听到的是红胸鸲了，它们的歌声已成为你自己的一部分。

难点来了，红胸鸲可不是只唱一首歌。但不必气馁，它们喜欢变奏，有一整套好曲目，但音色是不会变的。小提琴可以演奏巴赫也能拉爱尔兰舞曲，但你始终听得出它是小提琴。红

---

①作者为本书的英文版编辑了播客，具体请参见书后《播客和其他资源》。编者注。

胸鸲听起来永远像一只红胸鸲——谦和，婉转，相对轻盈的一种歌声。当我初次听见它的声音时，脑海中便浮现出它那单薄、纤柔、用来捕食昆虫的喙，从这样的嘴里才能唱出单薄、纤柔的歌。

红胸鸲频频争斗，红色的胸脯是它们力量的象征。它们会对另一只红胸脯的红胸鸲亮出自己的胸脯，这是一种示威。在最易躁动的时期，它们会向所有红色的东西示威。遇到不愿屈服的敌人，示威后它们就会发起进攻。但在我们耳中，这时的歌声并没有多少硝烟味，听起来甜美中带着一丝忧郁。有人说，冬天越近红胸鸲的歌声便越忧郁。

试着去听听红胸鸲的演唱吧，一次，再一次。你可以在整个冬天里反复练习：每次听见鸟鸣，就停下来细细听一会儿。当你能够辨认出红胸鸲的声音，你会意识到自己偶尔也能听到一两声不属于它的动静了。你能通过歌声分辨一种鸟了，你入门了！

这时，你会欣喜若狂。

迈向两位数

　　开始掌握辨认红胸鸲的窍门了吗？恭喜自己吧，你的一只脚已经迈进"辨识种类达两位数"的大门了。现在开始，你已经可以通过声音辨别出十种鸟了。事实上，发觉自己对一件事兴趣高涨时，往往你已经不知不觉地学习了很多年。

　　人类会本能地将事物分类，分拣不同的对象放进不同的盒子里，这是我们认识世界的途径。可不是将鸟儿分成"有红胸脯"和"没红胸脯"那么简单。我们以红胸脯来区分一种鸟，叫它们红胸鸲——这时，一个认识鸟的简单流程就开始了。并不是只有专家才做类似的分类，所有人都有这样的需要。如果有件事引起你的兴趣，比如流行音乐、电影或汽车，你自然会将它们分为细而又细的小类：这不单是一首民谣，这是早期的鲍勃·迪伦；这不只是一部有字幕的电影，更是费里尼的作品；这不光是一辆旧款跑车，还是 AC 眼镜蛇。在大多数人眼里，天鹅就是天鹅——

11

分类结束；但观鸟者还会在意不列颠有三种天鹅，世界其他地方还有另外四种。

当然，我们既通过视觉印象分类，也依靠声音。我们知道喇叭声来自乐器，打洞的地钻是机器，而狗吠，指向人类以外的动物。同样，我们也可以依据鸟鸣为它们分类，不用刻意学习。

从鸭子开始吧。不用我说，你也知道鸭子"嘎嘎"地叫（顺带一提，更了解鸟类的叫声后，你也许会遇到有的鸭子叫起来像吹哨，或是像喜剧演员弗兰基·豪尔德从匙孔看出去时发出的那一声，但那是后话了）。哪怕最漠视自然的人，听到"嘎嘎嘎"也知道是鸭子。大多数家鸭，像艾尔斯伯里鸭和印度跑鸭，都是有选择地由绿头鸭杂交而来的，所以它们和绿头鸭一样"嘎嘎"叫。把这种叫声和鸭子联系起来，基本是全世界公认的。

乌鸦"鸦鸦"叫，它的名字"crow"暗示着它的声音"caw"，许多鸟的名字就是描述它们叫声的拟声词。在中世纪和古英语中，乌鸦叫做"crawe"，荷兰语中是"kraai"，德语则是"krahe"，这些古名被不加区别地安在小嘴乌鸦和凸鼻乌鸦这两种大型黑乌鸦身上（又开始为乌鸦分类了——在野生世界里，几乎所有物种都有详细的分类）。凸鼻乌鸦在乡间墓地低声"鸦鸦"叫着；小嘴乌鸦发出连续的三声"鸦"，音调像生气似的——听见这些，你就知道听到的是某种乌鸦了。

大家都知道猫头鹰的叫声吧。那一声长长的、摇摆不定的叱声实在太熟悉了，恐怖电影中夜晚的墓地里听到的那种。英国乡间常能听到的猫头鹰有三种，不过先不用细分，如果你听到深寂的幽暗中传来一声诡异又像演戏的"woo-ooo-ooo"，就是遇见猫头鹰了。更准确地说，那是一只灰林鸮。

海鸥的叫声是一连串重复的尖鸣，类似BBC《荒岛唱片》中的那种。在任何一个电视节目中听见这个声音，你都会本能地联想到大海。那是银鸥，有多种叫声，只是这声尖鸣最典型。

鸽子"咕咕"叫。英国有很多种鸽子，各有各的调，但都是基于"咕咕"声。在后文中我会分辨不同的"咕咕"声，现在只要知道鸽子是这么叫就好了。

听说最近有一个调查，如今的年轻人甚至想象不出布谷鸟①怎么叫，因为我们不仅渐渐失去了接触自然的机会，也正在失去布谷鸟。比起从前，现在这种鸟大为减少，但大多数人听见"布谷——"声时，还是会想到布谷鸟。

再说一种吧，啄木鸟。当你站在茂密的树丛中，听见一阵急促的、机关枪似的"笃笃"声，便知道那就是啄木鸟了。或许你觉得这不算数——它根本没有唱歌，只是用喙猛击枯死的树干而已嘛！但对啄木鸟来说，啄木声就是它们的歌。这种敲击并不是为觅食，而是要发出标示领地的信号。如果说其他鸟儿是声乐家，那啄木鸟更像是打击乐手，但它同样用声音高调地发出信号，而且我们也能捕捉到它的信息。或许你听见的是一只大斑啄木鸟，不过老规矩，稍后我们再做详细分类，但你

①又称"大杜鹃"，是杜鹃科鸟类的一种。译者注，下同。

总算已经认出啄木鸟的歌了。

现在我告诉你，你不是、也没有人对大自然充耳不闻，你听到的可比你想象的多。加上红胸鸲，现在你也能闭上眼听出八种鸟了。或许你还听过乌鸫懒散的旋律，楼燕成群的尖鸣，以及云雀那从高空泻下、不休不止的歌声。

朝着两位数继续前进吧。

我的地盘

领地，鸟儿也为守护领地、宣示主权而唱。这听上去不像个婉转高歌的好由头，私欲似乎配不上乐曲里震撼心灵的美丽和诗意。但别用人类社会的概念代入，鸟类的"领地"并不代表所有权，不是财产，鸟儿的歌声也不是田间小路上惯有的问候——你他妈在我地盘上干吗？

领地就是生命，毫不夸张。这是鸟类繁衍不可或缺的一点空间，是一只鸟活一天就必须捍卫一天的空间。那些随处可见的歌手们都有三级防御体系，第一阶段是歌唱。如果威胁依然存在，还有第二阶段示威，如你所知，红胸鸲炫耀自己的红胸脯就是一种示威。许多鸟儿会低下脑袋探出鸟喙；另一些则鸟喙朝天亮出胸部。这些动作的意义很清晰，就是在说——别惹我，你在找麻烦。歌唱或摆出架势并不是为了争斗，而是要避免争斗。毫无疑问，最后的防御就是战斗，主场优势非常重要。

领地因鸟而异。对许多海鸟来说，要保护的空间小得只有一两平方英尺，即它们实际筑巢的那块小地方。没有海鸟会宣示占领一块海域，这毫无意义，因为它们捕食的鱼群时刻在移动。灰林鸮却恰恰相反：领地一旦确定，就很可能成为它的终老之地。

更多歌手会建立一片季节性领地安家觅食。领地大小视情况而定，如果食物充足，大量鸟儿聚到一起也不至于压力太大或冒犯了邻居。鸢鸟对领地的概念要模糊些，它们守卫的只是自己正在捕食的地方。

当鸟儿用歌声守卫领地时，说明这块地方大到必须用声音来保证信息的覆盖面，也意味着周围有同类栖息，要小心提防。竞争对手总是同种的鸟，否则不会直接争夺同一资源。蓝山雀捕食枝干末梢的毛虫，大山雀在树木中部寻找更大的目标，乌鸫则在地面觅食。乌鸫警惕的只会是其他乌鸫，对它来说，大山雀和蓝山雀都和自己没多大关系。

唱歌是有用的。通常，能保证歌声就能保证领地。有实验表明，如果把大山雀迁出原来的领地，而继续用扩音器播放这只雄鸟的歌声，就能在同类环伺中保住这块地方。

领地关系到食物，关系到能否吸引并留住配偶，也关系到防御天敌。最重要的是，关系到生育。领地的意义是为了繁衍——用理查德·道金斯的话来说就是为了鸟类不朽的基因能够流传下去。

领地至关重要，但不是为了炫耀、占有或显示谁的地盘大。

领地是生命，保卫家园的歌声就是生命之歌。人类遵循哺乳动物的法则，鸟类也有自己的法则，但我们对声音都十分敏锐。鸟儿的生命之歌传入我们耳中，在我们心里激起勇气和情感的涟漪，就对我们有了意义。但这激昂的进行曲意在打动同胞，只要它足够好，就能激发起雄鸟的竞争、尊敬，甚至恐惧，也能挑起雌鸟的欲望。因为鸟儿和人类一样，是懂得鉴赏的聆听者。

鹪鹩

这是一个晴好的冬日，熹微的阳光在地上留下淡淡的影子。这样的天气预示着春天不远了，让人心情不错。你听到红胸鸲同样在以美妙的歌声应和着这种天气。突然，耳边插进另一首歌，从膝盖的高度传来，声音却大得惊人。

交替的音符急速迸发，通常还跟着一声响亮而强烈的颤音。是鹪鹩。试试在牙齿后抽动舌头弹击上下颚，模仿路面上钻孔机的声音，大致就是这样。在英国它们是体型最小的鸟之一，你把双手拢成杯状可以捧起一打多。可它们一唱起歌就成了无拘无束的奔放歌者。当你见到一只鹪鹩在歌唱，看着它们骄傲地翘着尾巴，你甚至会想它要费多大的力气才能唱出这样的歌，居然还没有把它娇小的身体撕裂。在唱着时，它们全身从躯体到两翼都在颤抖啊。

每个乐句最后的颤音是辨认它们的关键，只要抓住了这个音，就能确定这是只鹪鹩了，可难点在于它不会每次都唱出这一声。鹪鹩多在冬季省去颤音，这时它们并不急着建立领地，而是呼应空气中的期许，为来年早做准备。

所以当你听见一声尖锐嘹亮的冬歌又确定不是红胸鸲时，试试驻足聆听吧，可能不一会儿就会出现那声颤音让你明确认出这是谁。慢慢地你就能像从上下文获得信息似的从它开唱的乐句听出它。从低处传来的大嗓门那就是鹪鹩。

当你倾听并在脑海中记下它们的声音，就会发现鹪鹩的歌声其实有点单调。这绝不是以优美的旋律彻底征服你的那种曲子，鹪鹩的歌只是一串波动的音符后加一个颤音而已，听起来呆板、重复、毫无想象力。但这爆发式的简短的歌声却带有极大的奥秘。

如果你录下鹪鹩的鸣唱再慢速回放，歌声会非常不同而且复杂得多。近年来这种方法颇受鸟类学家的重视，就像把乐曲放在显微镜下一样。你会发现，鹪鹩的鸣唱要更接近你对歌的定义。我听过一只鹪鹩长达八点二五秒的急促歌声，将声音放慢持续到六十六秒后发生的变化简直令人吃惊：藏在急促节奏中的竟是一段悠扬悦耳的旋律。这只鹪鹩在整首歌中，共唱出了一百零三个音符，也就是说它唱歌的速度高达每分钟七百四十个音符，太不可思议了。这是人类绝不可能做到的，因而也不可能听清每一个音，我们的耳朵可没那么好使。

那鸟类就能分辨出其中的单个音节吗？这么说其实没什么依据，但很可能是这样的，否则它们一股脑儿倒出这么多又有什么用呢？美洲的三声夜鹰以能传播到很远的三音符呼声而闻名①，但把它的叫声放慢就能听出其实是五个音符。

嘲鸫善于模仿所有鸟声，最喜欢学的就是三声夜鹰。把嘲鸫对三声夜鹰的模仿放慢来听，能听到什么呢？也是五个音符。这似乎是说要想最大限度地了解和欣赏鸟的鸣唱，你得先成为一只鸟。鸟的鸣唱比我们能理解的要复杂华丽得多，但我们可以尽力而为。

---

①英文中三声夜鹰的名字和呼声都是"whip-poor-will"。

鸟的对话

什么时候鸟的鸣叫不能算一首歌？当它发出的只是呼叫时。除了守卫家园、讨伴侣欢心，鸟儿也为别的事发出声响。更有趣的是，许多鸟儿会弄出点动静来为自己的领地做宣传——这些声音并不都是音乐性的，也不是我们通常所说的"鸣唱"。某些家禽——或者追溯到它们的野生祖先红原鸡——发出的"响响响"就演唱水准而言，和夜莺完全不是一个级别，甚至远逊于鹪鹩。

我们倾向于认为"鸣唱"专属于鸣禽，也就是那些依靠发音原理复杂的乐声建立领地的雀形目鸟类。说雀形目还算过得去，但也不尽准确。雀形目是个庞大的群体，也包括喜鹊和渡鸦等鸦科鸟。它们有个子群称鸣禽亚目，囊括了所有有精密发声器官能发出复杂声响的鸟。全世界有一万多种鸟，鸣禽约有四千种。

唱歌很流行，也很重要，但大多数的鸟不论是不是鸣禽都会发出声响，比如"嘎嘎"声。鸣禽也会在鸣唱之余发出一些其他的声响。在非繁殖期里树林或公园里往往没有鸟儿的歌声，漫步其间仍能听到它们的动静，包括红胸鸲和鹪鹩。红胸鸲会发出警报般轻柔尖细的声响，鹪鹩则更大声、更具爆发性。

呼叫往往是短促的，通常只有一个音符，很多情况下都能派上用场：与群体中其他成员保持联系；叱责入侵者；呼朋引伴；预警危险，比如附近有雀鹰或人时；威吓对手；索要食物；或者表示激动。

但这儿有意思的是，这些呼叫并不能被硬性分类，事情没那么简单。危险信号不只触发了单一的应激反应，就像汽车油量过低仪表盘会亮灯一样。鸟类的反应能示意危险的程度，甚至原因，显然这对同样身处险境的其他弱小鸟种非常有用。歌声在同类鸟之间交换信息，呼叫却能跨越种属，在不同鸟之间传递情报。

这些呼叫常常是重复的，有时是不同强度的快速重复。喜鹊猛烈冲击鹪鹩的巢穴时，鹪鹩发出的警告声从预警逐步升级到暴怒，简直就是一出绝妙的戏。和悦耳的鸣唱一样，呼叫也能引人共鸣，倒不是说把鸟想象成人从而生发对一只动物的情感认同，而是对一个被捕食的生命产生的返祖般的同情，毕竟远古的人类也曾身为猎物。

听上去呼叫比鸣唱——我们一贯理解的鸣禽啼啭——简单，但呼叫是个更复杂的概念，履行着很多职能，富于细微差别又灵活可变。

标准不是一成不变的。在传递信息这个目的上，呼叫与鸣唱的功能有时是重叠的。当呼叫足够复杂，又兼有护卫领地的作用时，就产生了这种重叠。呼叫和鸣唱之间的灰色地带，堪比阿米巴变形虫的沉默到《神曲》的过渡：从一言不发到语言的极致。鸟类借助鸣唱彼此沟通，这歌声在人类听来也妙趣横生，甚至意味深长。它们也通过呼叫传信，特别是重要的内容。这就是沟通。

所以，当我们在倾听鸟类的语言时，不只是为满足自己的审美感官，也不只是作为听鸟迷而享受；我们同时在探求语言的本质、声音的意义，思考我们与其他生灵的共通之处，以及自己如何感知并联系人类以外的世界。借用詹姆斯·乔伊斯曾经问他朋友弗兰克·勃真的一句话就是："你说妙不妙？"

"Pee-oo！"

红胸鸲的轻短呼叫与鹪鹩相仿。田野指南也许会告诉你红胸鸲是"tic"，鹪鹩则是"chek"，由于书面语的限制，它显然已经尽力了。掌握窍门之后，这两种呼叫声其实还是挺容易分辨的——但如果把声音注写下来，希望读者头一次就能听出来这是不可能的。注音可以有所助益，但也可能让人更困惑。我很喜欢的一种非洲绿鸠，叫声是"tweeu-tweety-tweety-krrr-krrr-krrup-krrr-kree..."我爱这最后的省略号。田野指南只能尽可能地为叫声注音，相比之下录音就有用多了，所以多听听我们为本书准备的那些录音。

既然有了录音这种奢侈的享受，接下来我会尽量避免注音，希望你能多多聆听真实的鸟鸣。想查看刺耳的"kwarr"和简短的"kwup"都是谁的声音，还是去别处吧。

如果你觉得在本书中找不到注音有所损失，就去怪比尔·

奥迪吧。在那本有趣的《小黑鸟书》中，他大大调侃了一番注音法。比尔在书中写下自己的观察："你会发现有十来只不同的鸟的叫声都是'Pee-oo'，包括金眶鸻、鹬鹬、短趾百灵、林柳莺、环颈鸻、褐头山雀，雪鹀——这可是七种不同科的鸟，更别说种别了。"奥迪还随文配上了一幅幽默的插图，画的是这七种完全不同的鸟合唱一首"Pee-oo！"。

而在真实的世界里，这些鸟儿的声音听起来连一丝半毫的共同之处都没有。

让视线拐弯

只有在远离污染时，我们才会察觉到自己的感官已深受其害。比如"光污染"，只有在寒冷的乡村夜晚抬头望见满天繁星时，我们才会意识到光污染为何物。更好的例子是沙漠中的夜晚，我还记得在纳米布沙漠过夜的那晚，广袤大地上，数英里内仅有的光就是眼前的火焰。那一夜没有月亮，所以甚至没有月光的干扰，天空是亮白而非黑色，我感觉自己似乎是在凝视着天宇中的每一颗星星。

生活在城镇中，我们很自然地接受了人工照明造成的低矮天幕：无云的夜里，月光穿透这天幕，洒落下来；有时这个古怪的星球挂在地平线上；极罕见的情况下才能见到一个清晰的星座。

声音也是如此。我们已听惯了交通的嘈杂——在不列颠低地避开噪音谈何容易。通常我们会自动滤去杂音，就像滤掉酒吧里的背景乐（除非放到了那首打动你的歌）。这些在文明社会里挥之不去的白噪音让耳朵嗡嗡作响，而当你去到一个方圆几英里都没有机械声响的地方，就会感觉到强烈的反差。潜在的嗡嗡声消失了，耳朵苏醒了。在赞比亚的卢安瓜河边我试过好几次，在黑暗里躺在床上，或交谈声渐息后坐在火边，只听得到自然的声音，这声音背后，是远离人类社会的寂静。理纹非洲树蛙的动静，蟋蟀的长鸣，河水中河马混沌的笑声和与同伴消夜后回到水中哗啦溅起的水声。狮子的咀嚼声，鬣狗的呼号。一群歇着的狒狒中间突然传来一阵骚动——附近梭巡的豹子让它们全醒了。

鸟类的声音也同样丰富多彩。方尾夜鹰不同档位的颤鸣，黄雕鸮的咕哝，角鸮的"噗噜"声，斑鸺鹠温软的叠音，珠斑鸺鹠更为复杂的呼哨。还有环颈斑鸠——它们从不睡觉吗？林鸮也不时发出质疑声："Whoooo's a naughty boy?" ①

难道是在那河岸边，我开始听进去鸟鸣，听到那来自自然的声音的？难道是因为唯有在那儿，才需要用听觉来构筑世界？在这些地方，人类行动时仍有身为猎物的感觉，在无数原因中仅这一条，就需要你调动起耳朵来。听觉的触角能让视线拐弯，看到被遮蔽的地方；听觉的触角能穿透八英尺高的草地和茂密的灌丛；听觉的触角能在黑暗中视物；正是用到了耳朵，生命才得以保全。

是的，用你的耳朵，哪怕是步行穿过伦敦市中心的某个公园，也多少可以抖掉你文明自我的一部分。聆听能让你真切地感受到自己存在的本质：你是地球这个伟大生命社区的一分子。

---

① 直译为："谁——是淘气包？"

林岩鹨

　　晴好的冬日里，还有另一位歌者。它不是红胸鸲，你已经
听得出红胸鸲了；不是鹪鹩，因为它没有颤音，也不够大声。
它的叫声是被急急抛出的短小混杂音，像是一阵平淡的絮叨，
有时只是一小段，有时则是一大串接着一大串或是一句句的，
中间会停一停，好像要想一想似的。

　　这就是林岩鹨。严苛点的话，你可以说这不过是一只平淡
无奇的小鸟唱的一首平淡无奇的歌。篱笆和灌丛间都能听到这
歌声：林岩鹨不像鹪鹩那样一定得住在低处，但还是常常出没
于你的视平线之下。它们的外貌一点也不花哨，不过也完全可
以称之为低调节制的优雅，它们的羽毛由黑色、灰色和棕色精
心搭配而成，歌声也基本如此。

　　一只林岩鹨雄鸟最多可以唱出八种不同的曲目，这可是对
耳力的挑战。这些歌声不仅欢愉，更带着些得意：在早春的某

28

些时段，它们是唯一敞开嗓子全声高歌的鸟儿，醉心于独唱家的荣耀。而随着身边交杂的声音愈来愈响，林岩鹨的声音渐渐被淹没，沉入背景。

　　还得说的是，林岩鹨在有一件事上倒是花巧的，你从它们朴素的外表上可看不出来。"不事张扬"其实正需要你留意：它们简直是交配狂热者。在它们的一生里，多次不忠和欺骗是生命的铭刻。雄鸟不单是歌唱、寻找伴侣，它们还敲啄雌鸟的阴道，清理前一只雄鸟留下的精子。不列颠的篱笆整个是激情的温床，但歌唱本来就是为了交配啊。

时间和空间

　　说件特别的事吧：橡树林里大概听不见鸭子叫，在你家后院碰上渡鸦的几率同样微乎其微，而布莱顿海滩上应该也不会有红胸鸸的歌声。这些都是非常重要的现象，其重要性体现在两个方面：一方面为听鸟者提供便利，二来关乎生命的意义。那么我们先来说说便利的缘故吧。

　　做一个鸟类观察者或其他任何一类博物学家其实都很简单，你只需要掌握时间和空间的规律。鸟儿歌唱就像花儿开放蝴蝶飞舞一样，发生在某些特定的时间地点。要想认识并理解鸟儿，你得首先了解相应的时间和地点。这两件事可以互相助益：每次走访一个地方都会增进你对那里鸟儿的认识，对鸟儿的认知也会增进你对这个地方的了解。这一点同样适用于时间，包括一天中的不同时段，一年中的不同季节。

　　和大部分生物一样，鸟类也生活在特定环境之中。记得有一次，我完全听不出林岩鹨的叫声，还以为那是一种我不太熟悉的鹬类，于是在海岸线上急切地反复搜寻。当时我正在北诺福克等着随潮水而来的涉禽，心思全在涉禽和海岸上其他鸟儿身上，完全没有在意身后稀稀拉拉的灌丛，而林岩鹨的声音正是从那儿传来。当时那声音难倒了我，因为这种鸟一般不出现在海滩上。

毫无背景线索时，要辨识一只鸟的叫声是非常困难的。我已经不止一次大出洋相了，通常都是在电台节目中，他们给我放一大段鸟鸣录音，问我都是些什么鸟。这时我往往大脑一片空白：我们这时是在晚春的花园里喝着甜酒呢，还是在深冬乘着小船出海？在这些测试里我屡陷窘境。

人类的大脑需要依靠环境做出判断，不只是为了便于识别，更是为了有个宏观的把握。通常，你不会在伯明翰听到三趾鸥，也不会在兰兹角的岩石上听见啄木鸟。

所以，更深入地倾听，你便会更深入地了解那些地域。红胸鸲、鹪鹩、林岩鹨住在花园、公园、郊外、树林里，它们乐于生活在人的周围。在英国这样人迹遍布的国家，这就是它们的生活环境，也是它们成功繁衍的秘诀。

其他鸟儿则需要另外的生活区域，因为它们有着不同的生活方式。地球上有多少种鸟，就有多少种过活的选择。所以当你把两只鸟区别开来，并不像填集邮册或搜集火车头的号码，你是在逐渐了解生命的基本进程。许许多多的生物和它们各自的生活方式共同构成了生命的运转。

鸟儿们最能让你体会到这一点。不只是因为它们有光鲜的色彩和音色，种类数量也在人类的掌握之内。在英国你能见到数百种鸟，仔细列出观察清单的话，大约有三百种；如果真投身此好，你能列出四百种。这个量级正好。但英国的昆虫超过两万三千种，这个数目实在太大了。全世界的鸟，算上零星尚待考察的，大约有一万种。这个数字尚在我们可以应对的量级内。而昆虫有一百万种，可能还有五百万甚至一千万种等着被发现，它们之中的每一种都经成长发育得来一套完全不同的生活习性——这简直像"星际距离"一样难以理解。

所以，还是让我们集中精力在头脑可以把控的问题上吧。即使暂时只认识几种鸟，也能打开了解的大门，而后知道的鸟儿越多体会也会越深。这里我指的可不是陈腐的书面知识，而是在幽深的潜意识里培养出的直觉性的体会。你可以通过简历认识一个人，也可以通过其他更深入的方式，比如见面、交谈、接触、忍受、相爱。这同样是两条通向野外世界的途径。

救命歌

懂一点鸟的鸣唱可以救人一命，我相当确信，这常常发生在我们祖先身上。如果不熟悉鸟鸣，早先漫步在非洲大草原上的人类恐怕早就灭绝了，现代人类更无从谈起。

假设你穿行在茂密的丛林中，移动完全无碍，有通畅的小径也有行迹可循，但每个方向都只能看到几码远。这时你听到"嘶嘶"的脆响，你马上停下来聆听，估测，要么上前一探究竟，要么不管声源是什么都绕道走开。

不，那不是一群巨大凶猛的食人鸟。那其实是牛椋鸟，主要吃昆虫，一身黑，有点像紫翅椋鸟——也确实和紫翅椋鸟有那么点沾亲带故，发出的声响也有些像。它们靠吃大型哺乳动物身上的寄生虫过活，也从所栖动物血淋淋的伤口上取食鲜肉，不然的话，大自然的善意就被诠释得更加明丽可爱了。但对于行人来说，重要的是听见牛椋鸟的嘶嘶声，就该知道前方很可能有一只大型哺乳动物：一只水牛，一只犀牛，或河马。都是些毫不费力就能要人命的家伙。

如果你对鸟鸣已颇为了解——我想我们的祖先应该已经做到了这一点——那么就不难区分两种牛椋鸟的声音了。黄嘴牛椋鸟的喙较细，擅长戳刺；红嘴牛椋鸟也做同样的动作，但它们还是"剪刀手"，更喜欢多毛的哺乳动物，可以通过梳理它们的毛发啄食可口的寄生物。这就意味着，红嘴牛椋鸟特别适合在长颈鹿的脖子上或是黑斑羚那样小巧纤瘦的动物身上取食。就像我在前一篇里说的，有多少种鸟就有多少种过活的方式，两种牛椋鸟代表了其中的两种。对人类来说，已经很难想象靠着吃大型哺乳动物的体表寄生物和鲜肉过活了，而它居然还呈现出两种形态，进化过程的工巧真是无以穷尽。这两种牛椋鸟位属不同的生态位：彼此相近，也确有交集，但仍保有各自物种的独立完整性。

不是说听到红嘴牛椋鸟你就安全了，红嘴牛椋鸟也可以依赖毛少的大型哺乳动物。但如果听见了黄嘴牛椋鸟，估计你遇见危险哺乳动物的可能性就更大了，像水牛、河马。我们的祖先知道怎样估算这个几率。鸟儿的歌声是生命的呼唤，生活的乐章，以及生存的意义——关乎生，也关乎死。

银喉长尾山雀

即使在冬天，生活也在继续，生命必须继续。食物不多，天气又冷，为了御寒你需要能量，鸟类也是如此。在冬天有限的几小时日光里它们得疯狂地寻觅食物：为了扛过眼前这一天，为了离春天更近一步。鸟类不像刺猬蝙蝠或某些蝴蝶那样沉眠一冬，天生新陈代谢快的它们需要时时加餐。对鸟类来说，冬天的主题就是坚持住、活下去、保证安全。它们在漫漫长夜里栖息；短暂的白天里则想方设法觅食，填饱肚子以度过黑夜。很多鸟儿熬不过冬天，入春时的数量总是比前一年入秋时要少。

冬日，漫步在萌生林、公园，或走过一排树篱、一条林荫路——任何一个树木丛生的地方时，很可能在你根本没意识到有任何鸟的存在时，却突然发现了一大群，你是碰上了银喉长尾山雀。

这些欢快的小鸟总是成群出现，它们讨厌落单。不凑出一打它们都觉得不完整，有时甚至是更大一群。在沉寂的月份里，因为吵吵嚷嚷，它们总是异常惹人注意。由于要结伴而行，它们彼此间保持着紧密的联系，而这全靠大声地呼唤："Sisisi! Sisisi!"我在这儿——你在哪儿？（如果这让你有"pee-oo"的感觉，我深感歉意）。对银喉长尾山雀来说，这不是歌声，这是联络的信号，是表达团结的口号。它们最最喜欢呼朋引伴。

你能听见它们就在头顶上，或在马路对面，或在田野的远端；你会瞥见它们的身影，有时成群结队地在树木间疯狂转移，有时只是三五只，有时会列纵队后退。它们体型娇小，棍子加球般的体态也很显眼，但从它们的呼叫，或聒噪飞行时那忙不完的劲头，你已认得出是银喉长尾山雀了。

它们呼唤彼此时三到四个音符，沿着音阶略往下走。特别激动的时候，这些容易激动的小鸟会颤起声来呼叫，颤声很容易升级成全面警报。银喉长尾山雀还会像树栖猫鼬那样彼此照应。

如果你停下脚步，看看成群的银喉长尾山雀，就会发现时常有别的鸟儿混迹其中。一群在树上忙碌的小鸟组成了暂时的联盟，来一点一点熬过冬天。成为鸟群的一部分总比孤身一只来得安全。群鸟在旅途中制造的动静更大，在骚动中更容易找到食物。由于银喉长尾山雀常常发出呼叫，混迹其中的其他鸟类也能从它们"越多越安全"的策略中受益。银喉长尾山雀曾被称为"鸟群召集者"，它们似乎已经接受了这工作：负责把最弱小的歌者平安带向姗姗来迟的春天。

第一个春天

怎样让春天更持久

你曾期望过春天能更长吗？比如，在一月的末尾，你是否曾盼望春天早点到来？现在，春天来了。聆听鸟声，也就是聆听真实深切的季节更替。春天并不是从你脱掉厚外套的那天开始的；其实，春天早就来了。

春天并不是伴随着乍然爆发的歌声来到的，鸟儿们不会马上就一起开始欢唱，像巴赫《B小调弥撒曲》里的《圣哉经》那样。这个过程更像是潺潺细流汇成川河，一次加入一个声音，一次增多一种鸟儿。而且多有反复：一个晴好的夜晚会引来两三个新的歌者加入，但如果接下来是一个寒冷又潮湿的冬晨，它们就又缄默了。

这个过程不那么顺利，也并不连续，但只要它开始了，就不会倒回去。就算鸟儿们暂时安静一阵，也已然开启了有进无退的模式，对冬天的全面征服已经开始。鸟儿的歌声特别振奋人心的地方就在这里：即便看起来像是冬天的胜利，这歌声也告诉你，春天就要来了。

冬天日照缺乏，经历四季变换的我们多少会受影响，患上冬季抑郁症，或季节性情绪失调。但若非如此，我们又怎能感受到春回大地的喜悦？多少年来在那些黯淡的月份里，是自告奋勇率先开声的鸟儿驱走了我的阴郁。圣诞一过，就在白天稍稍变长了一点的时候，你会发现，春天的歌唱开始了。这感觉就像暂缓行刑一样，你的上诉得到批复，判处减轻；你得以从惩罚中抽身，不久就能重获自由了。

随着春意渐浓，越来越多的留鸟各据领地，开始歌唱；之后，跟随春天的脚步，候鸟也渐渐抵达。有些急匆匆就来了，另一些旅程更长的则不慌不忙，还有些落后的露面时已几乎有些嫌晚了。按着春天展开的节奏，鸟儿的数量和种类不断增加，稳定而有序地渐强，一直持续到五月的最高潮。

春天不单是一场盛会。我取的是"渐强"①这个词的狭义：不是最大声或发出最强音的那一刻，而是一个持续稳定增强的过程，从圣诞开始，直到五月的第一周达到鼎盛，随后便逐渐转弱。

随着一只又一只鸟儿的加入，合唱的规模一天天增长，直到壮大为一种澎湃巨响。就像难以置信的弦乐队用歌声告诉我们的：那不是一天里发生的故事，而是整个春天的进行曲。

---

①英文中"crescendo"也指"高潮"。

大山雀

　　春天的第一首歌是什么？谁是全年的第一位歌者？又是谁为整场演唱暖场的？这些都是无解的问题：人类总偏爱界线分明，但这并不适用于野外世界。就说开场吧，红胸鸲、鹪鹩、林岩鹨……很多鸟儿已经开唱了，而且有很多已经在呼叫着圈占领地。我曾在十二月二十日听一只林百灵完整唱完一曲，那毫无保留的样子仿佛四月的阳光正洒在它的背上。早期的歌者中最让人惊叹的要算槲鸫了，它们总是试图用狂野无比又雄心勃勃的歌声来填满一月的空气，但别急，我们晚一点再讲到它。先让我们试着为春天勾勒一些基本轮廓吧。

　　这就得说大山雀了。早春的某个时刻，你会初次听到刺耳又撕心裂肺的双音节呼叫声，第一个音咬得特别重。通常会用"teacher, teacher, teacher"①来记忆它，尽管有人会觉得费解。你

---

① 取"teacher"这个词双音节及重音在前的特点，后统一译为"啼啾"。

也可以说像是一座吱吱啾啾的压水井，压水时猛力一推，再让它缓缓复位。

一旦开始了，大山雀的歌声似乎就不会停，好像它们的任务就是叫醒其他的鸟儿一起歌唱。这是瞄准冬日心脏的第一箭。一旦听到那双音节的鸣唱，冬天就知道自己大势已去。这时，博弈也开始了：冬天苟延残喘着，但大山雀以歌唱吹响了决战的号角，歌唱家们终将胜利。

大山雀是饶舌的鸟。它可以唱出多种变奏，呼叫声也异常丰富，大声的颤鸣大概是其中最明显的一种了。但很棒的一点是，当你开始聆听，当你迈进听鸟的大门逐渐摸着门路，渐渐仅从音调和环境就能认出它们来了，尤其是通过短促的呼叫声。就像板球的击球手在打完几轮后变得善于用肉眼观测一样，作为鸟类观察者你会越来越擅长倾听。你会说，嗯，这声音听着像大山雀。那或许就是它了。如果它紧接着发出一声颤音，或唱出那个双音节的小调，又或突然直接跳进你的视野，对的，就是它，你识认的曲库又扩充了。

但我最好还是以比尔·奥迪的另一个观点来结束。大山雀因为它巨大的"词汇量"而声名远扬，甚至可以说臭名昭著："根据我们多年的经验，如果你听到一声呼叫，又无法辨识，那就是大山雀了。"

保持简单

当大山雀开了嗓,事情就不再简单了:越来越多的鸟儿加入进来。其中有一些鸟儿,如蓝山雀、煤山雀,在整个冬天一直献唱零星的片断。然而一旦"啼啾啼啾"开了头,鸟儿们就唱得愈发欢畅起来。它们是在回应季节的更替,而非彼此呼应。但是我猜,在实际的歌唱中,也会有跨越鸟种的连锁反应。

计划是这样的,我希望你继续听下去,别这么早就泥足深陷,让我们暂且跳过其中一些鸟儿,留着回头再聊。在你作为听鸟者经历第一个春天时,我建议还是把注意力集中在那些显而易见、不易听错的歌曲上。等到带你进入第二个春天,再好好拓展一番,学习更多有难度的鸟类。暂且继续听,在萌生林树冠层的高枝上,你会听到喃喃低语或是啾啾颤鸣,只要明白,其中有些来自大山雀,也有些听着有点像大山雀,但总不大对劲,那大概就是山雀家族的其他成员了。关于山雀,先满足于此吧。随着春意转浓，最佳歌手之一即将闪亮登场。

对了，关于这些山雀，我还有一件事想说。有段时间，我给《泰晤士报》写野生动物专栏，写好的文章用电邮常发不出去，而得尝试各种迂回的方法才能把它们塞进报社的邮件系统里。最终我们发现了问题所在：那个邮件系统有个防火墙，所有包含赌博、色情的成分都会被拒之墙外。因此，每当我在文中写到山雀，就会被当成淫秽内容惨遭过滤。①

技术人员设法解决了这个问题，但我忍不住想，报社的系统没错——鸟类是为性而歌。不然它们唱些什么呢？接下来，让我们来听一位情欲最旺盛的歌手。

①"山雀"的英文"tit"也指"乳头"。

欧歌鸫

即兴的美妙欢乐。这是欧歌鸫的专长。我们都熟知这一表述,但它最初讲的是一只欧歌鸫。罗伯特·勃朗宁在一首名为《海外乡思》①的诗中创造了这个短语,诗是这样开头的:"啊,但愿此刻身在英格兰 / 趁这四月天"。勃朗宁的观鸟水平显然不赖,他先带我们领略苍头燕雀和灰白喉林莺,接着告诉我们:

聪明的鸫鸟②在那儿唱,把每支歌都唱两遍,

为了免得你猜想:他不可能重新捕捉

第一遍即兴唱出的美妙欢乐!

①引自《勃朗宁诗选》,飞白、汪晴译,外语教学与研究出版社 2013 年。书中引文除特别标注外均为译者翻译。
②指欧歌鸫。

"即兴的美妙欢乐"如今常被用于一次性演出或一夜情，但其实欧歌鸫寻求的是可以持续到夏天的长久约定，这关系到它们的生育大业。

欧歌鸫歌唱的核心在于重复，重复唱两遍、三遍或更多遍。雄性歌手挑中一个乐句，便重复唱下去。短暂的休整停顿之后，再来另一句，依此类推。通常，一组重复的歌唱会以一串更加随性的柔声颤音来收尾，伴着些尖利复杂、有挑战性的内容。但是只要是格外大声，一直徘徊唱着同样乐句的鸟儿，一般就是欧歌鸫。它们会出现在花园、公园、农田等任何有树木可以栖息、有空地可以觅食的两全其美的地方。

渐长的白昼会影响到欧歌鸫。我经常听到它们在人造光源下歌唱。还记得有次在苏豪广场上，作息规律的市民们都睡了，我还听见一只欧歌鸫在歌唱。我怀疑《夜莺在伯克利广场唱歌》里唱到的那只"夜莺"其实是欧歌鸫（肯定不是夜莺，它们从来都离城市甚至郊区远远的）。

当你开始聆听一只欧歌鸫的演唱，你会注意到它有许多不同的乐句可以重复。有时它似乎特别在意自己能唱多少个不同的乐句。你还会注意到，有些熟悉的声音混入了它们的纯音乐中。比如，此刻离我很近的地方有一只欧歌鸫听起来就像正在倒行的货车，而对街就有一处停放拖拉机的院子，常有货车往里倒车。有些货车倒车时会放一些有节奏的警示音，欧歌鸫便学会了这样的声音，把它们纳入到自己的曲库中。

欧歌鸫也会借鉴其他鸟儿的鸣唱：尤其喜欢普通鸲尖锐的

裁判哨音。我常听见一只欧歌鸫在歌声中加一点绿啄木鸟、灰林鸮，还有红脚鹬的声音。但并不一定就盲目照搬，这种鸟儿似乎拥有极佳的音乐想象力，他能将自己听见的声音化为一个乐句的基础旋律，再像个爵士音乐家般进行即兴创作。

很显然，音乐并非仅仅是先天嵌入的自动答复。笛卡尔说所有的动物都不能思考，都只是像时钟一样的机械装置。但欧歌鸫却似乎是一位自觉的音乐家。它并非天生就能发出信号："这是我的地盘，雄性免入，雌鸟随候。"但却能终其一生吸收旋律、加工完善，并以独立作品呈现出来：既新颖又不跳脱它自己的歌曲类型。这可不像膝跳反射那么简单：敲一下膝盖，膝盖就收缩一下；还有一点光，那就再唱一首。欧歌鸫歌声中还有些创作的意味，这已不仅是这种鸟的属性，还关乎个体的独特性。

为什么呢？

探一探曲库大小

　　歌声越动听，说明歌手的情欲越旺盛；雄鸟能唱的歌越多，就越能吸引雌鸟。大山雀就是这样，它的曲库中约有半打歌曲；欧歌鸫也是，能唱二百多首；还有夜莺，大概能唱三百首。这条定理对北美褐弯嘴嘲鸫同样成立，它的曲库中存有上千首歌，是当之无愧的世界冠军——如果不算水蒲苇莺的话。在水蒲苇莺的一生中，同样的旋律几乎不会重复第二次。科学家们通过给雌性水蒲苇莺播放同类的歌曲而观察到，当雄鸟的曲库越大时，雌鸟们确实越愿意炫示回应。

　　科学道理在这里开始变得复杂了，我们也很难得出简单清晰的结论。鸟儿的曲库越大表明它年纪越长，因为学歌需要时间。（反过来说，某些鸟类中曲库较小的个体，被证实缺乏竞争力而且会早夭。）所谓"老鸟"指的正是经验丰富的鸟，它能比那些缺乏经验的愣头青占据更好的领地，也能够更好地哺育后代。同时作为幸存者，这样的鸟儿也更可能留下存活的后代。

紫翅椋鸟不守护领地，只有一个巢穴。但雄性紫翅椋鸟是一流的歌者，还擅于模仿——并且得意于自己巨大的曲库。研究表明，雌性紫翅椋鸟会青睐曲库最大的歌者，哪怕这并不会带来任何领地优势。这暗示着，曲库更大的雄鸟成功抚育后代的几率要高一些。

我们曾验证过，如果把一只雄性大山雀带出它的领地，但通过扬声器播放它的歌声，那么这片地方至少在一段时间内不会被入侵。这个实验同时也验证了，用扬声器播放的曲目越多，领地被侵占的可能性就越小，保持安全的时间也越长。丰富的曲库既能吸引雌性，也会喝阻雄性。

换句话说，歌者越富创造性和想象力，就越成功。这意味着就生计而言，它能获得更多的资源；就进化而言，它能繁衍更多成功的后代。再说下去，我们就要偏离正题，陷入骇人的拟人观思维中了。在科学研究的领域里，但凡对拟人论有任何程度的暗示，都会被嘲笑为不专业。但我不禁好奇，鸟儿是否会享受唱歌呢。

这不是一个科学上的问题，在此时或未来的任何时间里，都无法证明或证伪，因而无须观照科学。既然人类会陶醉于歌唱，鸟儿为什么不能呢？的确，对一只鸟来说，歌唱有天性的驱使，但我也享受了自然欲求得到满足的快感，为什么其他动物不能从食物和性中感受到愉悦呢？我还记得看过一对狮子交配，结束后母狮滚过身去，仰面躺着、蠕辑着，像是在表达情欲。同车的一个人说，它看起来真是享受。那人是当玩笑说的，大家哄然大笑，但我却认真起来。为什么狮子不能在追求进化使命的同时享受这件事带来的愉悦呢？对狮子来说，交配是件大事。有记录表明，有对狮子曾在二十四小时内交配了八十六次。从日常生活中，我们得知一只狗是如何感受和表达愉悦的，猫也有自己的方式。如果我看到的那两只狮子不觉得生活有什么美妙，那我才会意外呢。

　　某个晴好的春日早晨，当一只欧歌鸫用它的最高音亮出自己的曲库，如果它只是响应繁衍进化的使命，并没有感受到创作的乐趣和满足，我才会觉得奇怪呢。如果那些聆听的雌鸟们并未被这歌声深深打动，我才会奇怪呢。人类和鸟类分属脊椎动物中两个不同的纲，作为另一个物种的我们都被这歌声打动，歌唱者自己和它的听众又该多受触动呢？一只欧歌鸫雄鸟在它的歌声中倾注了自己习得的一切，这是一首属于它的歌：它就是那首歌。歌唱是全部，是一切，为此它倾力付出。这完全是艺术家，甚至是伟大艺术家所为。

苍头燕雀

　　苍头燕雀的曲库没多大，也就那么六七首，但也得用心聆听才能区分开。它们的看家本领是不屈不挠。每年早春，它们一唱起来，就会全力以赴。一首歌会唱几秒，停顿几秒，再唱几秒，一次次反复。每分钟里唱几次，像这样能持续上几个小时。想想它什么时候进食，就明白鸟儿歌唱的成本了。建立领地以及守护领地、伴侣是项巨大的付出，你试着用自己的极限音量唱上一天歌，就能体会到了。这对鸟儿的体力是严峻的考验，在进化意义上也是雄鸟能力的象征——代表着它作为伴侣的潜力。要唱一整天的歌，你得很棒才能做到呢。这是个残酷却能有效过滤吹嘘者的过程。大自然可没那么仁慈。

　　苍头燕雀的歌本身就足够欢快，开始时比较慢，接下来越来越快，最后在高潮中华丽结束。就像板球中一个快速投球手的助跑和投球，简洁地蓄势，利落地结束。

苍头燕雀一系列不同的叫声中，其中有种听上去像"finch"。当它们在打谷场上蹦来跳去，从谷壳中啄食谷粒的时候，就会这么叫——chaffinch真是个好名字[①]。还有种鸣叫就像是一首歌的缩略版，全是单音节，有宣示领地的作用。奇特的是，它会随地点不同而变化。这是我们还不了解的一种应激反应吗？或者只是苍头燕雀文化的一方面？这个问题留给你吧。

[①]英文中"chaff"指"谷壳"，"finch"是"雀鸟"的意思。

自报大名

好多鸟都能叫出自己的名字。像苍头燕雀就能发出"finch"的音，它所属的科因此都被冠以"燕雀"之名，但其实那些燕雀叫声里都没有"finch"。大天鹅（whopper swan）确实会发出"whoop"声，类似一种能传到很远的军号。有一种叫绿翅鸭（teal）的小鸭子，会在进食时发出"teal"声。另一种叫斑头秋沙鸭（smew）的，会发出"smew"的声音。

人们往往不会依声为猛禽们命名，但还是可以在伦敦各处小巧别致的住宅区听见它们的啼鸣。"mews"曾指马厩，在更早之前则特指豢养猎鹰的地方，而猎鹰的呼叫声的确是"mews"。

松鸡（capercaillie）在苏格兰盖尔语中意为"林中之马"，因为雄性松鸡唱的求偶歌收尾部分像马的嘶鸣。长脚秧鸡（corncrake）除了能发出"crake"声，还能叫出自己的拉丁名字"crex crex"。另外，白骨顶鸡（coot）能叫出"coot"；凤头麦鸡（lapwing）也被称作"pewit"，是个很好的拟声名；冬季盐沼地里到处是白腰杓鹬（curlew）的"curlew"声；黑尾塍鹬（black-tailed godwit）的叫声就是"godwit"，尽管同属的斑尾塍鹬叫声与它完全不同。

贼鸥（skua）的名字也算拟声词，如果你追溯得够远的话；而三趾鸥这种远洋海鸥会讲究地唤起自己三个音的名字"kittiwake"。布谷鸟（cuckoo）显然叫的是"cuckoo"；戴胜（hoopoe）不仅会"hoop-oop-oop"地叫着，还能唤出自己的学名"Upupa epops"。云雀（lark）据说得名于一个指代歌曲的半拟声词，就像"lalala"中的"la"。林百灵（作为林百灵属唯一的鸟儿）能唱出自己的属名"Lullula arborea"，它的法文名是"alouette loulou"。鹨属鸟儿（pipit）会发出"pipit"声。黑喉石䳭(stonechat)发出的声音像两块石头相撞。鸫科鸟儿（thrush）则得名于一个更早的拟声名称"throstle"，这该不难理解，当你已经认得了欧歌鸫的歌声。许多莺鸟（warbler）用柔和的颤声歌唱，叽咋柳莺（chiffchaff）能清楚地发出"chiffchaff"声，尽管德国的叽咋柳莺叫着"zilpzalp"。黄嘴朱顶雀（twite）和黄雀（siskin）的名字也都拟自它们的叫声。

那些更惹眼也更聒噪的鸟就更容易被赋予拟声的名字了。像所有的乌鸦（crow）都发出"caw"或"craw"的叫声，二者听上去差不多。在拉丁文里乌鸦叫"corvus"，现在被总称为鸦科（corvid），虽然同属鸦科一员的寒鸦（jackdaw）叫的是"jack"。另一种鸦，红嘴山鸦（chough），不会发"chuff"，但会发"chow"。所以，与其说是它们的名字起错了，不如说是我们学它们的叫声学得不够像。鸽子发的不是"dove"，更像是"咕咕"。其实它发的是"doooove"，这又是一个我们发音有误的拟声词。

一切都表明，鸟声曾是多么重要：人们想到某种鸟时，首先想起的就是它的叫声。曾几何时，鸣叫不仅是鸟儿的语言，也面向人类：听鸟不是专家们的特权，而是我们人类恰当合理的追求。它时刻提醒着，你是真实生活在一个生机勃勃的环境里。"鸟鸣、鸟类、野生动物们，只对自然爱好者有意义"这话要放在数百年前，简直是疯话。对于当时的人来说，他们熟悉鸟类就像今天我们熟悉汽车品牌或名人的名字一样。

我不是泛指鸟的声音——那些模糊的叽叽喳喳的背景音，我说的是每一种鸟的鸣叫和歌唱，作为生活中自然、不可避免并且特别有意义的一部分。对生活的认识可以重建，靠你自己。

（对了，根本没有哪种鸟的叫声是"pee-oo"。）

蓝山雀

蓝山雀常常造访花园，是一种时刻伴随在我们左右的鸟儿，但它们的歌声并不是特别好认。首先，它们会在一定的音阶内唱出很多变化，不少鸟儿都是这样。最佳的学习方法是牢记其中一首歌的样例。之后，当你真的听到这首歌时，就能认出它。接着你就可以听下去，继续学习它别的曲目，同时慢慢熟悉它的脾性和音调。

蓝山雀的歌声比大山雀更甜蜜也更优雅，不那么激辩或咄咄逼人。如果你听见一只鸟儿，它的歌声（在音调上而非歌曲本身）让你想起大山雀，音色中又没有金属般的硬气，那么它很可能就是蓝山雀了。它们会唱一个好认又易记的典型乐句：两个清晰的、分开的音节，紧跟着两个仓促拼接的音节，听起来就像在说："我——是——蓝山雀。"好像它本来决意要给你当头一喝，却在中途泄了气。且先听熟这句，之后就让蓝山雀自己向你展示其他曲目吧。它们还有一种颤鸣的、警报式的唱腔，也和大山雀相似，但更温柔。

　　希望我没有把蓝山雀的声音描述得太复杂，但本书读到这里，你就该自己多做功课了。学习鸟鸣，鸟儿本身就是最好的导师；关于蓝山雀的音乐，比起我来，它们自己会告诉你更多。所以当你听出是蓝山雀或其他任何一种鸟的时候，请用点时间去聆听、吸收。如此一来，那歌曲就会更深地印在你的记忆中，然后，你渐渐就能感知歌曲中自然而然一定会来临的变奏，以及每个个体的独特印记。我非常非常高兴自己可以开启你学习鸟儿鸣唱的旅程，但最终鸟儿会代替我引领你走进我无法带你去到的深处。

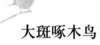

大斑啄木鸟

学习鸟鸣之初，你会有的一个意外收获是大斑啄木鸟。事实上，当你调频至鸟儿电台，开始聆听之后，就会发现鸟的种类远比你以为的要多，而且它们中有许多就在你的左右，和你一样游荡在这个世界上。的确，早早地你就会一下子意识到整个世界——至少是被林木覆盖的这片世界里——到处是大斑啄木鸟。

如果你足够幸运，也许会有那么一只鸟飞来喂食者身边，这是一种经典的对异国情调的想象。但其实只要记住鸟儿们最有特点的声音，你会发现自己开始天天与它们邂逅。在交流或示警时，大斑啄木鸟会发出一种高昂而短促的"pik"声。你不大容易看见它们，因为大部分时候它们都飞在高处。大斑啄木鸟的羽衣以抢眼的黑白搭配辅以红色斑块，你或许以为这样使得它们很容易从任何树上突显出来，但其实这样的羽衣却有效散化了它们的身形，堪称典型的破坏性伪装。

不过，大斑啄木鸟常常在树木间飞来飞去。它们并非一定得生活在冠层稠密包覆的树林里，也能适应城郊，公园和花园一带，以及农田和灌木树篱。它们能在任何树木可观的地方生活得很好，哪怕林木疏朗有间隙。当它们在空中飞翔时，就会发出"pik"的呼唤。你能瞧见它们很好辨识的飞翔姿态：在频繁的升降中俯冲、飞升，秀出短小的尾巴和锯齿状的翅膀，然后猛地撞上树，把自己拍在树干上。

一旦你识别出那声"pik"，就开始无处不听见大斑了。你会发现它们其实是一种特别成功的鸟儿，能在任何有树的地方生活。春天里，它们以树为鼓，"笃笃"的鼓声与生计无关，是一种示意领地的信号。要是你约每十秒听到一声闷响，这是大斑在进食；要是你听到长长一串音符，那就在欣赏它们的演奏了。在声乐之外，它们选择了更适合自己的打击乐。小斑啄木鸟也"打鼓"，但问题是它们采用了另一种完全不同的敲击方式。大斑的鼓点强劲、短促，次数少，一次很少超过二十下；小斑的更长更柔和，一次通常会击打二十五下或更多（音量大小取决于它们以什么为鼓，有些树枝敲出的声音要洪亮些，有时它们也击打金属杆）。听鸟者会觉得这挺有意思，但对于啄木鸟来说却关乎根本。当声音具有标识领地的意义时，就不能含糊不清。鸟儿们需要知道，听到的音乐是否来自同类，不论它是声乐还是打击乐。

而大斑的"pik"声是需要牢记的，因为你会时常听到它们。一年到头的，哪怕在所有鸟儿都更为热情活泼、唱得更欢畅的春天。学会这声"pik"，你的生活里就会随处都是大斑啄木鸟的身影。

我们如何偷来了音乐

有些哺乳动物也唱歌。我曾听过懒吼猴演唱它自己的作品，也听过艾玛·柯克碧演唱约翰·塞巴斯蒂安·巴赫的作品，后面这两位代表智人。我不想对懒吼猴失敬，但就音乐性而言，艾玛才是我钟爱的歌手。不过如果要在艾玛和夜莺之间做取舍，可就没那么容易了。艾玛演唱的歌曲是人类写给自己听的，意在传达直接而复杂的含义，就提供的艺术体验来说，她和巴赫可以说是遥遥领先。但问题是，夜莺在同样的层面上，至少可以说在某种程度上，也很有竞争力：它提供的美妙又激动人心的纯音乐，也能像感染同类那样叩击人类的思想、内心及灵魂。

在人类之外，哺乳动物中还有好些歌手。换句话说，在一些哺乳动物的战斗生命里，很重要的一部分就是发出巨大的、能传播很远的声音。狮子在这方面相当不错，它们咆哮时常常爆出一连串强度逐渐升级的嗝音，然后慢慢弱下去，直到最后仅剩下一阵鼻息。非洲有个老笑话：如果你听到了狮子的鼻息，狮子在哪里？答案是：离你很近。是的，我就曾听到过狮子的鼻息，在夜晚的小棚屋里，帐篷里，旷野中，非常奇妙，也很刺激。最惊心动魄的还数整个狮群的合唱：所有成员一起为胜利、为挑战、为领土、为彼此的心满意足而唱。它们喜欢用河流来做扩音器，单独或成群地以歌唱彼此回应，你来我往的歌声沿着空荡荡的河床回荡着。这是世界上最让人恐惧、颤抖的声音之一……但就人类对音乐的定义，只能算差强人意。

我听过白眉长臂猿家庭组合迎接一日之始的歌声，那是一段充满激情的"嗨嗨"啼喊，每一位家庭成员都借此喊出了自己想要表达的一切。那啼声从雨林的树冠层翻卷而过，极富震撼力。但同样地，在音乐层面，白眉长臂猿的歌声离最顶级还有一段不小的距离。狼像狮子一样，也是伟大的歌手，它们很乐意回应山谷里传来的人类模仿的嚎叫声。好样的，但说真的，它们最好的音乐也远不及它们撕咬的水平高。非洲树蹄兔是位给人惊喜的歌唱家，它们会在夜间唱出绵长而富有节奏的自卫尖音。有些啮齿类动物也唱歌，特别是食肉热情高到让人不安的沙居食蝗鼠。

甚至在城市里，我们也能听到一些哺乳动物的疑似歌曲，比如犬类的狂吠大和声。特别是在有些夜晚，本地狗们会玩一个叫"谁能吠到最后"的游戏。当雄猫争夺可交配的雌猫时，也会一起叫春，就像安东尼·鲍威尔写的那样，猫中的宣礼员在召唤其他成员来祷告。

鲸鱼是真的在唱歌，像座头鲸的歌就表现出深刻的个性和音乐性。它们不那么接近人类对"音乐"的理解，但就复杂性和内涵而言，可能是地球上除人类音乐之外最复杂的作品了。不过，它们的歌声并不在我们认知范围之内，不能瞬间引起我们的共鸣。在现代录音设备如此发达之前，极少有人能听见鲸鱼的歌唱。鲸歌是迷人的，但并不在古代人们认知的世界里。

回到地面上，我们人类可以说是唯一能唱出乐感的哺乳动物，特别是因为我们拥有能使声音成为歌曲、语言的身体构造。似乎音乐自远古时代就是我们的一部分，比语言还早。也许音乐还曾在语言的形成发展中起过重要的作用。我们很清楚，怎样组合出和谐美妙的声音，反之亦然。

我们从哪里得到这些的呢？我倾向于认为，是偷来的。是从鸟儿那里偷来的。我们的祖先倾听鸟儿的鸣唱，被那些最美妙的声音打动，而且无疑模仿过它们，将它们纳入了自己的演唱，来彰显个性、表达团结、像现在的明星那样吸引俊男美女，或单纯只为歌曲本身带来的乐趣（还记得那对交配的狮子吗？）。当我们的祖先走过非洲无树大草原，他们是否模仿了那些最能感染他们的声音？橙胸黑鹏和黑枕黄鹂的哨音，白眉歌鸲和南非歌鸲复杂的合鸣，黑领拟䴕的二重唱，地犀鸟拂晓前的低沉啸响……

当然，这只是不着边际的狂想，毫无科学依据。但在人类以外的世界回响着的音乐，最好也最常见的即来自鸟类。我们周围到处是人类创作的音乐，但它们是从鸟类的原创那里来的。鸟儿给了我们祖先最初的简短旋律；鸟儿给了我们民歌；也是鸟儿，最终给了我们巴赫。

乌鸫

如果你想听听不那么刺激、闹心，也不亮"耳"的鸟鸣，至少在英国这儿，最让人愉悦的当属乌鸫了。别的鸟儿能唱更夸张、繁复、非凡，更具挑战性的歌，但乌鸫的歌总是甜蜜喜人，甚至给人以非常简单的感觉。如果这样就认定乌鸫专擅于鸟类世界中那些较为轻松悦耳的歌，就有些不厚道了；确切地说，乌鸫的音乐很了不起，只是被低看了，就像餐厅里作为背景乐，或是电话里客服人员请你稍等片刻时播放的巴洛克音乐。《四季》绝对是伟大的作品，但因为我们常拿它做背景乐之类的，渐渐便感觉不到它的伟大了。我们忽略了这些音乐更深层的、更有难度的方面，把注意力都集中在了它们表面的可爱上。乌鸫的音乐也容易让人这么觉得：这不过是在公园里散步，或在花园中喝上一杯时的背景音。

乌鸫会打哨。就像一个男人，正心不在焉地倚着墙，双手抄在口袋里，并不那么紧张地等着自己的下一个约会。奇怪，这种听起来最轻松的曲子却是乌鸫雄鸟天性深处最迫切需求的流露。听说有人把乌鸫的歌曲描述为"无所事事的快乐"，这无疑是过于拟人化的一种误解。对一只跃跃欲试想要完成自己生理使命的乌鸫来说，它的歌像战斗的号角一样振奋，像情歌《我爱你》或《为什么我们不在路上这么做？》一样直白。

但是作为人类的我们无法像一只乌鸫那样去欣赏，只能领略歌曲中最简单的部分：我们把它与渐长的白昼、回升的气温、公园和花园的长椅联系起来的甜美哨声。似乎这些歌就是为了庆祝所有这一切，而无关乌鸫的生与死。

乌鸫的声音像管弦乐团中最甜美而不具挑战性的长笛。你能立刻从它们的歌唱中听出旋律来。它们按小节演唱，并且每一节的旋律都不同，没有人会听不出这是音乐，没有人会觉得它不美。

当你积极地聆听乌鸫的歌，不再把它当成习以为常的背景乐，这些曲目就变得复杂艰深起来。每小节都像是以更尖锐、迅速的音符收尾，粗糙地刮擦着，难度远比你起初以为的要高。当你能听出这些细微之处，就会发现音乐家乌鸫有着不可小窥的音域，带给你的惊喜不亚于愉悦。乌鸫比欧歌鸫开唱要晚，似乎它们是在歌颂春天的圆满收尾而非表达对春天的期许。对它们来说，略为延后的高潮时刻是顶重要的事。

然而，在它们决意唱响高潮之前，会在寒冷的月份里一遍一遍地试练自己。它们常常以"叮当合唱"来结束一天：傍晚时分，一只乌鸫会发出一声"叮当"，明示自己的位置，邻近的乌鸫则会以同样的方式应和。不是明确在划疆定界，又带有那么一点意思，夜色就在这既低调节制又谈不上悦耳的合唱中降临。

大多数人都熟悉乌鸫示警时的鸣叫，即使并未意识到这是一种警告。误入花园的你听到乌鸫在退避中突然聒噪起来，多么典型的城郊生活。

乌鸫带来了音乐。相比其他鸟类，它们更显然地把音乐带给了人类，因为酷爱音乐的它们也很喜欢在人类周围生活。乌鸫限定了，或者说在某种程度上建立了，我们对鸟类鸣唱的概念，并极大影响了我们了解它的方式。尽管要我说，这所谓的"了解"不过是偏狭地停留在歌声美妙和善意的层面。而事实上，没有为生存进行的斗争就没有乌鸫每一句暧昧的歌，更谈不上甜美梦幻的旋律了。

歌声始于何时

如果我想说明人类从鸟鸣中学来了音乐，那么显然要证明的是，早在人类尚未开唱和创作音乐之前，鸣禽就已经存在了。这不是问题。早在有人聆听鸟鸣之前，世界就充满了它们的声音。人类，以其可以确定的现代定义为准，大约已经在地球上生活了二十万年，而鸟类大约跟恐龙同时出现。

鸟类是恐龙的直系后裔——或者像一些科学家所认为的那样，鸟类就是恐龙。自从现代分类学的重心从形态特征（即我们容易理解的形体和结构）转向遗传基因以后，这一学科就充满了意见冲突和分歧。对于那些常常引起激烈争辩的问题，我们既然不是专业人士，就尽量避免固执一端吧。尽自己最大的努力去理解就好。

始祖鸟通常被认为是最原始的鸟类，可追溯至两亿年前的侏罗纪晚期，也就是恐龙时代的开始。也有人认为始祖鸟是身长羽毛的恐龙而不是真正意义上的鸟，然而不管是恐龙还是鸟，它都是一种体覆羽毛的上古生物。有羽毛的恐龙和真正的鸟之间的区别，由于近些年来的发现，已变得复杂难分；而且就像我们之前的观察那样，大自然并不擅于划界。但我们可以确知的是，在真正的恐龙生活的同期，确实有真正的哺乳动物和鸟类：哺乳动物大约出现在两亿年前，鸟类则约为一亿五千万年前。

恐龙消失于六千五百万年前，白垩纪与第三纪之交发生的物种大灭绝中。这次灭绝可能是由彗星撞击地球造成的，是地球历史上五次（也有人认为是六次，而我们正在经历第六次）物种大灭绝中的一次。

随恐龙灭绝的还有地球上其他半数的动物。而当地球从重创中恢复，大量的生态位空了出来，大自然容不得空缺，于是鸟类和哺乳动物通过进化填补了这些生态位，这一过程被称为适应性辐射。如此一来，地球上的生命又经历了一次剧变。

小型鸟类的化石非常难得，因为它们的骨架纤细而中空，不易变成化石。大多数雀形目鸟类体型不大，适于以昆虫、种子和果实为食，这使得它们留下的痕迹很容易被忽略。迄今为止最古老的雀形目鸟类化石是在澳大利亚昆士兰州发现的，大约可追溯至五千五百万年前。目前的主流看法是，雀形目鸟类是在澳大利亚和新几内亚得到进化然后扩散到世界各地的。

庞大的雀形目群体后来又被进一步分为叫禽亚目和鸣禽亚目，后者就是我们所说的鸣禽。"鸣禽"其实是个不严谨、不准确的说法，还有些北半球中心主义的意味。但我们不妨凑合着继续用这个词，因为本书谈及的也主要是出现在北半球的歌声。鸣禽亚目与叫禽亚目的区别在于，鸣禽类鸟儿拥有更复杂的发声器官。鸣禽在进化意义上的成功，仅从其繁衍的种类就能断定，无须代入智力、体形、复杂性或与人的相似度等标准。要知道进化并不是为了发展成为高等智能生物，而是要产生可以存活、繁衍并延续基因的物种。这无关进步，生存就是物种进化的最高目标。

从物种的角度来看，鸣禽从四千万年前就开始的适应性辐射已取得了非凡的成就，从那时起，地球上就开始充满鸟儿的歌声。鸣禽占到地球上所有鸟类的四到五成，这些唱歌的鸟儿们。

人类来到这个生命熙来攘往、歌声热情洋溢的世界，倒像是造物主后来添上的一笔。如果你把地球的历史想作一年的话，人类到来时已经接近新年前的午夜了。根据旧的时间年表，马克·吐温写道："人类来到世上已经有三万两千年了。在人类到来之前，世界演进了一亿年来迎接他的到来，这足以说明世界就是为了人而存在的。暂且假定这个逻辑是成立的。谁知道呢！照这个思路，如果埃菲尔铁塔的高度现在代表着世界的年龄，而人类与世界共享的这一段岁月只体现在它塔尖上那一小层油漆皮。任何人都会以为这么一丁点油漆皮是建造铁塔的目的所在，他们会这么想的，我觉得。谁知道呢！"[①]

毫无疑问的是，在这新年前的最后几小时，或者说在这一小层油漆皮的年限里，人类取得的最大"成就"就是带来第六次物种大灭绝。

---

①引自马克·吐温写于 1903 年的《世界是为了人而造的吗？》（*Was the World Made for Man?*）。

绿金翅

绿金翅的歌声听上去就像一个人在模仿鸟叫，而且学得还挺像回事。那些小哨音和颤鸣不像是人类打出的口哨，而更像是为了模仿鸟声而特制的管乐器发出的声音，这乐器里或许还放了点水，制造出一种清丽而流动的音色。绿金翅的歌声是有节奏而舒缓的，尽管还不至于像乌鸫那样慵懒。它们的歌声美妙、多变，让学习听鸟的人很难马上分辨出来，因为那听上去不像是某一种鸟的音乐，而更代表整个鸟类的歌唱这个抽象概念。

好在绿金翅会帮你一把，时不时插进一声全然不同的单音符或者说鸣叫，叫声有着粗声喘息间的小哨音那样的质感，轻快地顺着音阶向下滑落，音译出来就像"zweeeee"。

人们通常认为这是一种激动的表现。相似的声音也会出现在稍后上演的领地之歌中，不过这还算不上其中最华丽的演唱。

抓到了"zweeeee"这个音，你就认得绿金翅了，并由此渐渐掌握这种鸟儿的美妙歌声。绿金翅不只在固定的位置歌唱，它也会一边在领地上空飞行一边演唱。

我怎样创造出音乐

鸟儿不仅给了我们声乐，也给了我们器乐。是它们给了我们旋律。音乐关乎鸟儿的生死；而对人类来说，音乐是生命中最富光彩的无用之物。

人类的音乐始于节奏，节奏并不是鸟儿歌曲中最明显的部分。相比于鸟类，哺乳动物对节奏的感受力要强得多：几乎每个人降生在这个世界上时，都已经进行了九个月的鼓乐独奏，这是卵生的鸟类永远不会有的经验吧。可是，你怎么也得等到降生以后，才能开始意识到旋律。听到鸟儿的歌唱，人类也跟着唱起来，等再听到时，就想着要发出比人的嗓音更贴近鸟儿的声音。

人类最早的乐器笛子，就是在模仿鸟声。请注意，不是说笛子容易制作——制作一件弹拨乐器或一件木琴那样的旋律型打击乐器，都会更简单。但人类最先做出的却是笛子，而且还是为了发出更接近鸟儿的声音。他们知道，鸟儿是真正的音乐家。

我曾坐在非洲开阔的平原上，在轻快的风中端详一堆骨头，是一只早已死去的疣猪的骨头，其中几块的中心部分已经被饥饿的无脊椎动物啃食一空。我捡起一块骨头，无意间它就开始奏乐了。我只是拿着它，风从中吹过，就产生了小调。换一换方向，不再是持续一个声音，而变成一连串断断续续的音。虽然总是同一个音，但应该不难再找一块骨头发出别的音。这声音听上去就像一只鸟。我就这样创造出了音乐。

迄今为止我们知道的最古老的乐器是发现于斯洛文尼亚西北的迪维·巴贝洞穴的迪维·巴贝长笛，据推测它最早可追溯至六万七千年前。古笛是从一头年轻穴熊的股骨刻制出来的，发现时已经受损严重，仅存的部分也极为脆弱。穴熊是一种身型魁梧而壮观的物种，但在两万五千年前就灭绝了。古笛上有一对小孔，完全符合你对第一支笛子的想象。有些扫兴的人对此持有争议，认为那不过是一截被食肉动物啃过的骨头，只是恰巧咬出了两个匀称齐整的洞罢了。

我个人更倾向于笛子这个说法，虽然还有很多笛子离我们的年代更近，但也仍比其他类型的乐器古老。在德国的乌尔姆曾发现过一支五孔笛，是用秃鹫的翼骨做的，它也有三万五千年的历史了。用鸟类的骨头制作笛子再自然不过了，部分原因在于这好歹是它们身体的一部分，该发得出鸟声，或许这一点还挺重要的。还有一部分原因是，鸟类的骨头本身就是中空的，事实上它们已经是现成的笛子了。离这支"鹰笛"不久的时间，人们还发现了由天鹅骨和猛犸骨做的笛子。即使到了六千年前，最普遍的乐器也仍是笛子。人类的几种不同文明似乎都出现过笛子，中国就出土过一套八千年前的骨笛，有些在出土后还被吹奏过。

笛子之外最早的乐器诞生于公元前两千六百年，来自代表苏美尔文明的乌尔城遗址。人们在这里发现了一组里拉琴和竖琴——以及大量的笛子。

当我们第一次突破噪音的限制去创造音乐，我们是在尝试像鸟儿那样歌唱。是鸟儿带领我们走向音乐。在节奏中，我们去聆听、去感受自己作为哺乳动物所继承的特质；在旋律中，我们转而追随另一种和自己完全不同纲的脊椎动物。最终，其实是一种跨越纲别的融合带给了我们音乐。鸟儿为我们树立了音乐的榜样，因而数千年来，我们载歌载舞，在歌声里表达自己的快乐与悲伤。

云雀

如果说乌鸫所唱的是背景乐的话，那么云雀就是活跃在前台的鸟。这倒不是因为云雀的歌声更好听或更复杂，而是因为它们有一种先声夺人的能力。云雀似乎是积极地想要被赋予人的特性，心甘情愿地成为人类渴望与喜悦的象征。

就是这样不会被埋没的一种鸟、一首歌。到目前为止我们讨论过的所有歌手都主要活动在树冠层、灌木丛和林地边缘，如树篱、萌生林、花园等无论从什么角度都无法看出多远的地方。但云雀这种鸟属于辽阔的天空，天空越宽广，它们越喜欢。云雀歌唱的时候，周围也很少有其他鸟儿。它们选择了天空作为舞台，将这样一片多少被其他歌手遗弃的空间据为己有。耕地、矮草地和荒野都是云雀喜欢筑巢的地方，雄雀就在上空放声歌唱。

不过，这些地方通常都不大会有栖足之处，所以多数时候云雀并不落脚，而在飞翔中歌唱。它们时而盘旋，时而停在半空，更多时候是扶摇直上，就像在被一根绳子拽往天堂。（现在你能领会我之前说"赋予人的特性"是什么意思了吧？）如果你外出来到一个天际开阔的地方，听到一阵持续不断、无休无止甚至都不换气的歌声，那就是云雀了。

这歌声无止境无停歇的，以这永恒之乐为主题，进行着繁复的变奏。乐句由重复的音节组成，响亮，清透，富有震撼力。在辽阔空旷的地带，你能听见许多云雀同时歌唱，每只都在宣告着，它身下相距遥遥的几平方码是自己的领地。

永不休止，这就是云雀之歌的灵魂。它们常常一张口就唱上十分钟——唱三十分钟的也不是没有。飞行会极大地消耗体力，这就是为什么鸟类新陈代谢那么快，为什么它们得不停地补充能量，也是为什么保有稳定的食物来源对它们抚育后代而言是那么重要。歌唱的代价如此之大，就是为了淘汰掉外强中干的同类。想到一曲云雀之歌的能量消耗，简直跟听到歌声本身一样让人晕眩。还有哪种鸟能为歌唱如此不惜一切？

云雀真是毫无保留。每天一大早它们就起来开始歌唱，一直唱很久，唱到很晚。它们从高处歌唱，就像杰拉德·曼利·霍普金斯写的那样，从天空俯身将音乐倾洒下来。

但其实云雀是一种大地的鸟，进食、筑巢以及生命中大部分其他重要环节，都是在地面上进行的。它们全年都在高歌，当它们在地面上忙活，或是从一处食源飞向另一处时，你常能听见它们发出无线电般的呼叫。一年中仅有短短几周，它们会变成天上的鸟。这时候，与其说它们惊艳，不如说简直就像是奇迹。

吸一口新鲜空气

云雀是什么时候喘口气的呢？它怎么能靠吸入肺部的一口气唱那么久？这似乎就是云雀创造的伟大奇迹了：这么小的生物，它的一对肺也大不到哪里去，却能在不补充氧气的情况下坚持这么久。更奇迹的是问题的答案：云雀随时都在换气，它不用一口气唱到底。

好比演奏迪吉里杜管，一流的吹奏者能用它吹出一串连续的音。那么迪吉里杜管的吹奏者是什么时候换气的呢？他怎么能一口气吹那么久？答案是随时换气，并不是靠一口气吹这么久的。他是用一种"循环呼吸"法。但其实那不是真的循环，只是看起来像在循环一样。你深吸一口气，鼓胀双颊，然后调动面部肌肉将气吹进迪吉里杜管，同时用鼻子吸气。一旦你掌握了这个诀窍，就能持续吹上很长时间。铜管和木管乐器的演奏者都是用这个方法。美国爵士乐大师肯尼·基曾吹奏一个音符长达四十五分钟之久。

鸟类可以做到真正的循环呼吸。它们不作假，这就是它们的生理运作方式。空气在鸟的体内并不是一进一出，转完一圈回来就耗尽了。它会进入鸟的两片肺、九个独立气囊，甚至骨头的空腔。鸟体内的空气并不是循环回来就耗尽了氧气，这不是有横膈膜控制气体进出的交换过程。

空气是从鸟喙根部的鼻孔进入，但有两个例外：几维鸟的鼻孔在喙的尖端；憨鲣鸟没有鼻孔，大概是因为它们生命中的大部分时间都要从令人晕眩的高度俯冲入海，有了鼻孔会不方便。吸入的空气随后会在鸟的所有气腔中做一个大循环，这就是说它的肺里始终存有富氧的新鲜空气。这样的气体循环，对于行动主要靠最消耗体能的飞行的鸟类而言，是最完美的。

这样的生理构造也使得鸟儿能够以灵巧的体型发出巨大的分贝，并且持续着本来无法实现的时长。它们飞得动与唱得动的原因是一样的。而云雀能够一边飞一边唱，如此精彩、生动地呈现了鸟类的特别之处。

欢快的精灵

　　有哪种歌声能比云雀的更招人喜欢、让人称颂吗？确实有那么一种，但让我们留到最后再说吧。如果你想要证据来证明鸟类的歌声深深影响到人类，只需快速地在诗作中搜检一遍，就会发现一首又一首指向云雀。除云雀之外也只有一种鸟能带来如此多的欢乐，如此多兴高采烈的乐句，如此多最终指向上帝、世界、生命和人类的哲学命题。正如云雀建立并守护领地，下面的聆听者也为自己找到了一种新的生活方式和生命本身的意义。

　　云雀之所以为这么多诗人带来灵感，激发他们写下这么多诗句，是因为它的歌声如此不寻常，只有笨蛋才会听而不闻。不是所有人都能仅凭录音就辨识出云雀的歌声，但当歌声像这样自高空繁复绵延、无休无止地泼洒而下，就只会是云雀了。我是想说，这种鸟儿太出众了，就是诗人也能轻易认出它。但这样说似乎有些不恰当，约翰·克莱尔就是一流的观鸟者，杰拉德·曼利·霍普金斯也完全能够从一片喧嚣中听出林百灵。

在《云雀》一诗中，克莱尔比较云雀和人类，从中领悟了谦卑的重要性：

> 要是他们有你的翅膀，
>
> 做鸟儿，像你一样，
>
> 便会沾沾自喜，脚踩浮云！

雪莱留下了一首最有名的云雀诗[①]，尽管不是我心中最好的：

> 祝你长生，欢快的精灵！

诗的第一行已经成为众人皆知的英文的一部分，尽管许多人不再记得后面几句：

> 谁说你是只飞禽？
>
> 你从天庭，或它的近处，
>
> 倾泻你整个的心，
>
> 无须琢磨，便发出丰盛的乐音。

[①]《致云雀》，引自《雪莱抒情诗选》，查良铮译，人民文学出版社 1982 年。

在这首《致云雀》中，诗人也同样歌颂了云雀带给我们的生命启迪：

> 只要把你熟知的欢欣
> 教一半与我歌唱，
> 从我的唇边就会流出
> 一种和谐的热狂，
> 那世人就将听我，象我听你一样。

换句话说，我要是能像云雀那样写作，一定会荣登畅销作家榜榜首。有时感觉似乎每个能写点什么的人都拿云雀试了试手。华兹华斯也写过《致云雀》："你是否鄙弃人间，因为它忧思遍地？"乔治·梅瑞狄斯带来《云雀高飞》，尽管这首诗的知名度远不及沃恩·威廉斯和他受这首诗启发所创作的音乐那么高。

霍普金斯写了两首关于云雀的诗，《笼中云雀》这样开头："无惧狂风的云雀被幽禁在阴郁的笼中……"而另一首《大海和云雀》是我最喜欢的云雀诗：

> 他重编好的一段新曲谱畅意清新
> 清脆的音符奔放回旋、千啭不穷，
> 一重重倾倒泼洒下音乐，直至殆尽。

霍普金斯面对大自然的奇迹时油然而生的喜悦，是我感同身受的，我想每一个人也都会有所体会。霍普金斯总把这些欢乐归于上帝，但我怀疑，即使是他，也往往是事后才想到上帝的。我们瞬间领悟到的自然奇迹，在人类与非人类生命之间建立起一种联系，至少对我来说，这本身已妙不可言。

现代诗人也在向云雀致意。戴安娜·亨德利写了《云雀研究员》：

> 我装作它们只是过
> 了时，就像雪莱，
> 但又隐隐担心
> 它们被噤了声……
> 或是在空荡荡的天际高唱心声，
> 已经筋疲力尽。

罗里·麦格拉思写了让人愉快的《长胡子的山雀》，他在书里诗兴大起。尽管不是严格意义上的诗歌，还是让我把相关章节的结尾摘录如下：

> 与云雀搭配的集合名词？
> 赞之队。
> 完美雀团。
> 夏日空中的无上君王们。

这些鸟儿！

云雀日。云雀记忆。哦对，我想我该说：

神组合！

　　还有一首来自艾萨克·罗森堡的《归途中，我们听见云雀》，虽称不上是最好的云雀诗，但也相当不错。如果你对鸟儿的歌声感兴趣，关心它对人类的意义，这首诗无疑至关重要。罗森堡在战时的索姆写下了这首诗，一九一八年他在那里遇害。诗中描绘了自无人之地夜巡归来的情境，下面是这首诗的全文：

夜色阴沉。

尽管还活着，我们也明了，

暗伏的凶兆。

拖着苦痛的臂、腿，我们只知道，

这条覆满毒药的小径通往我们的营地——

通往片刻的安眠。

你听！欢乐——欢乐——奇异的欢乐！

不见云雀，声音却在沉沉深夜中回荡，

音乐就洒落在我们仰起倾听的脸上。

黑暗中死亡随时可能降临，

轻易如歌声——
但歌声的飘落，
就像危险的潮水边
沙滩上一个盲人的梦，
也像女孩的黑发，因为她不曾梦见那里暗伏的毁灭，
也像是，她藏有蛇的吻。

　　一只小鸟，片刻的聆听，就是很大的慰藉，哪怕身在地狱。被二十一世纪稍有缓和但急迫依旧的难题包围着，身陷绝望的我们，还不去鸟儿的歌声、云雀的高翔中寻找点慰藉与愉悦，那也太傻了。

叽咋柳莺

叽咋柳莺的歌声谈不上多了不起，尤其是与云雀相比，但它唱响了一年中这个伟大的时刻。听上去那不过是又一种平凡的你不会关注的小鸟，但它却意味着，时光又流转了一年：被大山雀、乌鸫、云雀轮番轰炸了一遍的冬天，正在走远。这一刻代表着一年的转折点。

还有一点会格外称你的心：很多人都不知道叽咋柳莺。当你能识别出它们的叫声，就有了几分观鸟者的资本，你就能分享到一些只有观鸟者才知道的秘密了。你——而且有时似乎只有你——知道，当叽咋柳莺开始叽叽喳喳的时候，春天已吹响了胜利的号角。

叽咋柳莺是首批回到英国放声歌唱的候鸟，它们率先抵达是因为越冬地并不太远，只到欧洲南部和非洲北部。这种鸟儿看着几乎和在撒哈拉以南的非洲过冬的柳莺一模一样，但歌声却完全不同。等春天的胜利变成溃败，我们再谈柳莺，现在先说说叽咋柳莺的歌吧。

叽咋柳莺的歌以"chiff"和"chaff"这两个音为基本单位。跟大山雀不同的是，它的这两个音咬得一样重。德语里叽咋柳莺是"zilpzalp"，威尔士语里是"siff-saff"，荷兰语里则是"tjiftjaf"。歌声中会有一些细微的变化，通常是断成三个音节"chiff-chaff-chiff"，隐现于清晰可辨的乐句中。

叽咋柳莺往往栖身在高枝上，所以你很少能看见它们，那么就听吧。当你的耳朵能听到它们了，你会发现这些首批回归的候鸟通常在三月中旬抵达，叫着嚷着，打破留鸟的歌唱范式，预告着：更美妙的歌声还在路上，未来几周会陆续报到。

想想看吧，一只鸟千百英里长途跋涉，来与我们共度春夏，在我们的家园生育繁衍。它用歌声告诉我们，那些路途更远、要飞越成千上万英里的鸟儿，也终于靠近了这长征般的旅程的终点。而每只鸟都会带来它独一无二的繁复绝妙的歌唱。

叽咋柳莺不是胜者，而是信使：报告着大部队即将抵达。但这不妨碍我们先欣赏它本身，以及它所代表的决心、坚持与承诺。

现在有些叽咋柳莺借着我们变暖的冬天，索性就避开了迁徙的风险。这是一场赌博，但谁说迁徙不是一场赌博呢？留下的下注英国凛冽而致命的严寒不会太久；迁徙的则赌自己能在旅途中幸存下来，途中的补给站依然存在、未被损毁。每种选择都有赢家，也有输家。

但每到三月，当这简单甜美的歌声从最高的树顶弹跃下来时，欢乐时光就来了。

安全转移

核战略家会把这件事称作"安全转移"，指的是当灾难发生时，已经转移到另一个安全的地方。鸟类在数百万年前就懂得这一点了。冬天是一场危机，那么冬天来了，不如避到另一个地方，因而它们想出了迁徙的策略。

大多数——但绝不是全部——鸟类的迁徙是南北向的，意在飞离寒冷的气候。许多在英国繁育的鸟类会去离英国很远的地方过冬，有些会到欧洲南部和非洲北部，另一些走得更远，越过撒哈拉沙漠到了赤道以南。我听过的最动听的声音之一是卡拉哈里的柳莺。这片区域其实是干旱的矮树丛而非真正的沙漠，但在这儿依然听得到凉爽的英国春天的声音，甜蜜柔和而略带含糊地顺着音阶往下唱着。我虽然身处数千英里之外，也能听到在这严酷但显然活得下去的环境中，那乐观自信的歌唱。一只在英国时可能曾与我比邻而居的柳莺，到了这个我全然陌生的地方，倒又找到了家的感觉。

那它回英国干吗呢？怎么不待在温暖的地方？这是个好问题。通常候鸟来到它们冬季的栖息地是为了取食，但那里的食物源有可能丰富可观却并不稳定，比如正结果的树或丰盛的昆虫大餐。这或许不足以支撑一只鸟十二个月。而且北半球也有北半球的好处，北边的另一种气候不仅会带来丰富的季节性昆虫来源——成虫、毛虫和幼虫——也意味着相当长的日照，这让一只鸟有更多时间去觅食，也更可能哺育一大窝、甚至不止一窝的小鸟。逃离英国是值得的，回到英国同样值得。

旅程本身漫长而艰巨。许多体型小巧的鸟——我们这本书里主要讲的那些鸣禽——在夜间赶路。有一种说法是，以无时不在移动的太阳做参照需要计算，而在夜间鸟儿可以依靠位置不变的恒星来导航，更加简单明了。许多候鸟走的都是大环形路线，即球面上两点间的最短距离：鸟类早已破解了球面三角学。

夜间行路还有另外的优势：被猛禽捕食的几率降低了，也更容易接收到下方传来的声音讯号，特别是同一家族其他成员的行踪。鸟类自己就是一流的听鸟者，它们不得不是。

猛禽，以及其他一些可以无须振翅就能腾空、翱翔的鸟，更愿意白天迁徙，它们可以利用这时上升的暖气流往上飞。这个过程看似艰苦，其实却较为省力。鵟、白头鹞、燕隼等猛禽都是往返英国的候鸟。在英国很少见的欧洲鹳也属于这样的"日间滑翔者"。

鸟儿回到英国是因为这对它们有好处。从生存、繁衍、进化等各方面综合来说，是有利的。大可不必为此多愁善感。况且，候鸟的回归是件有人情味的好事，每年春天见证它们回归是极好的体验。我得说，略懂些鸟鸣会带给你很多收获，但最好的一点莫过于强烈感受到翻年时的兴奋了。如果你能从留鸟的合唱中分辨出候鸟的歌声，也一定会在这些忠实老友归来之际体会到一种心满意足。

当然，我知道，越说越有将鸟拟人化的倾向了，这些鸟是为它们自己回来的，不是为我们。但我们还是可以为鸟的归来而高兴，可以去庆祝这传奇般的双飞旅程的完成，去问候这些归来的熟悉身影；也知道我们自己的天气正随着一只只候鸟的抵达变得越来越暖和、越来越舒适。一只家燕的出现并不代表夏天来了，但这第一只燕子的抵达却笃定地预示着更多同类正在归来的路上：春天来了，夏天还会远吗？

细想想我们会被深深打动。在有房屋和中央供暖之前，冬季对人类来说就像对鸟儿一样，是一段得咬牙挨着才能活下来的日子。鸟儿能够避开冬天，这曾令无法安全转移的人类多么羡慕嫉妒，尽管当时没有人确切知道它们究竟去哪儿了，还是就藏在附近冬眠着。当它们回到我们的生活中，又是多么值得庆贺。我们可以庆祝这件事对鸟类本身的意义，也可以庆祝它对于我们的意义：一年的转折点，好日子的开始。

四月中旬到五月中旬的几周里会有这样一场陆续有新歌手加入的合唱。你已经听到了黑顶林莺，柳莺还会远吗？你听到一个歌手加入，又一个，再一个，直到歌声回荡在整个国度。

布谷鸟

　　布谷鸟的歌声大概是最基本的。兴许创作这歌曲就是为了方便人类去模仿，为了最迟钝、最没有乐感的人也能辨识，为了提醒人们去赞美春天和随之而来的夏天。

　　　　夏天就到来啦!
　　　　布谷鸟大声唱!

　　这首《夏天来了》是首轮唱曲，有人认为它是现存同类作品中最古老的对位旋律。这首歌创作于十三世纪，其中一句"雄鹿放着屁"始终被人铭记——它满肚青草，这么做当然不为过。
　　布谷鸟所唱的是欢庆之歌。它们的叫声出现在一首又一首歌曲或其他音乐作品中，让人无法抗拒。在维瓦尔第的《四季》和贝多芬的《田园交响曲》这两组最受世人喜爱的音乐作品中，都能听见"布谷"声。这声由两个音组成的鸣叫嘹亮异常，能传到很远的地方。

　　这就谈到了关键之处。因为不需要哺育小鸟，布谷鸟不像其他鸟那样占据领地。它们把生命中的这部分职责委托出去，千百年来引发了一系列故事、传说、隐喻和说教。英国乡间的布谷鸟通过巢寄生来繁殖，虽然并非独树一帜，倒是国内唯一的鸟类巢寄生者。但其实全世界的巢寄生者中光杜鹃鸟就有很多种，也不乏其他的巢寄生鸟类，例如非洲就有多种维达鸟会各自认定一种鸟作为宿主。繁殖季之外，这些鸟儿鲜有生气，彼此也难于区分，但如果你经验丰富，还是可以把它们区分开来，因为它们模仿的歌声和鸣叫声来自它们各自不明就里的宿主。

　　就算不需要一片领地，要完成自己的生物使命总得跟异性接触，在把蛋下在陌生的巢穴之前，至少得有个"同谋"。但因为没有领地，这些布谷鸟彼此离得很远，响亮的呼叫声就显得很有必要了。这声音还得简单、传播得远，太复杂的话也许会中途走样、难于辨认。我曾听到过非洲多种杜鹃鸟出于同样的原因发出的自信、嘹亮、简单又易记的呼叫声。在非洲，杜鹃鸟的呼叫预示着一场降雨的来临，而我们所认识的布谷鸟则与晴好的天气紧密相连。但总之还是一个等式：水加阳光等于生命。不同之处在于我们总在企盼阳光，而在非洲则是期待雨水。正如在非洲一些地方，人们听到红胸杜鹃的鸣叫会欢呼雀跃，因为他们知道不久就有雨了；我们听到布谷鸟的声音也一样高兴，因为它预告了艳阳天。两种杜鹃鸟带来的都是生机。

所有杜鹃鸟都会刻意让自己的叫声在远距离传播中保持清晰响亮，这是雄鸟在向雌鸟发出约会恳求，有时候这叫声也被称作站岗种鸟的召唤。杜鹃鸟大多时候独居，但它会通过这一声深远的呼唤来表示自己也渴求同伴。没有哪只杜鹃鸟是一座孤岛。

我们的布谷鸟也会发出一声嘹亮而兴奋的鸣喊，这声音常常出其不意，连经验丰富的听鸟者也会被吓一跳——哪怕只有一两秒钟——想着到底是发生了什么啊。

这声简单的双音呼叫——偶尔会被一只特别激动的布谷鸟拖长到三个音，几乎成为我们文化传统的一部分。曾有无数封投给《泰晤士报》的信件以它为主题：布谷鸟这种鸟儿真的突破了观鸟活动的小众藩篱，成了大家关注的对象，它带给了我们人人都能欣赏的鸣唱。布谷鸟只属于一季，却是四季中最好的那一季。

最后一只布谷鸟？

你还记得自己上一次听到"布谷"声是什么时候吗？我有好些年没有听到过了，尽管直到几年前，除了最死心塌地的城市居民，大家还觉得这不可想象。布谷鸟曾经无处不在，至少它们的"布谷"声曾响彻乡野、城郊，所有有树有空地的地方。

过去三十年里布谷鸟的数目急剧减少，更悲哀的是其他长途迁徙的鸟也在变少，这种成功保持了数百万年的生活方式似乎受到了威胁。

柳莺从前比比皆是，现在却很难再在它们最适宜的生境之外遇见它们了。白腹毛脚燕就更少见了，我家周围曾经每年春天都能看到十来个燕巢，现在一个都不见了。每过去一年，长途迁徙的旅途就变得愈发艰难。

很难说该做些什么才好，因为这么长的旅程涉及太广，你如何能保护沿途经过的每一寸土地？还有撒哈拉沙漠的扩侵，也为迁徙带来困难。这困境实是一系列复杂又相互关联的因素共同导致的。鸟儿在飞行途中需要补给食物的休息站，这些补给站有时能得到保护，但很多已被破坏。长途迁徙本就安危难卜，如此一来愈加艰难了。鸟儿的越冬地迫于人口压力，时时有所变化，许多繁衍地——比如它们在不列颠的栖息地——也遭到损坏或毁灭，并且这一过程仍在持续着。所有的鸟、所有的野生动物，都在奋力抵抗这些逆境，但它们中长途迁徙客的任务尤为艰巨。

我并不想书写阴郁和毁灭，我想赞美鸟儿，歌颂它们的音乐，以及这音乐对所有懂得聆听、懂得享受它们音乐会的幸运儿的意义。但我必须坦诚地告诉你，候鸟长远的未来是一个伤脑筋的难题，也正在成为至为重要的问题。

我们正在失去这些带给我们最多欢乐的鸟儿。

家燕

人类对自然界的诸多重大发现中就包括候鸟的迁徙。直到十九世纪晚期，鸟类是环球旅行家这一事实都还未被人们广泛了解和接受。家燕春天现身，冬天又消失，却没有人知道从冬到春这段时间到底发生了什么，这曾经是一大秘密。当时流行的说法是，冬天里它们冬眠在池塘底。像往常一样，真相远比我们编造的解释要离奇。

家燕是候鸟中的典范，因为它们实在太惹眼，大家都觉得候鸟就该是它们这样。家燕惹人注意，不是因为它们色彩有多艳丽，而是因为它们总在飞行，是非常出色的"运动员"：长尾与后掠的翅膀让它们飞翔的剪影清晰可辨，有点像一架喷气式战斗机。那并非巧合，正像喷气式战斗机一样，家燕速度很快且极为灵巧，为了边飞边捕虫，它们还会在平直的飞行中不停地改换方向。

它们归来了，似乎要以尽可能愉快的方式"接管"这片地方。由于家燕对城市之外大部分人类活动的场所都颇有好感，突然之间你就会发现它们无处不在。它们喜欢开阔的草地，最好遍地是吃草的牛羊；也喜欢板球场和水道。在这些地方，它们矫健的身姿总会招来注意。家燕是种让人快活起来的鸟儿，活泼无畏又亲近人类。

作为一种爱热闹的小鸟，家燕也让人"耳"前一亮。我们大多都还把第一只归来的家燕看作夏日之始，如果你熟悉它们的歌声，便会因这提醒而格外留心，也就常常会更早地发现夏的痕迹。它们喜欢一边飞一边断断续续地唱上几句，那一阵轻快又略像喘息的"啁啁啾啾"正是由一团欢快又激昂的音符堆叠而成；待它落稳脚再唱起同一首歌来，就唱得更经心也更持久。

家燕已经能很好地适应人类的居所，它们很爱把巢筑在一些附属建筑上，比如车棚下面、车库（记得别把它们关在里面）、仓房（美国人也把家燕叫做"谷仓燕"）以及马厩里。我家马厩里就住着一家，我清扫马厩的时候它们就在我上方哺雏，每每飞进门时总发出一声愉快的双音符示警。随着夏天一天天过去，雏燕也一只只离巢，在托梁上栖成一排，像一班规规矩矩的学童，而它们下方的混凝土上则给涂上了一条笔直的白线。小不点们对着彼此呼哧呼哧地喘着、兴致勃勃地叽咕着，待亲鸟带着点心飞进来，就兴奋地呆望起来。不久小鸟们就学会飞了，绕着附属建筑转啊跃啊，很不专业地试捕着昆虫。这时亲鸟也就开始忙着繁育下一窝小鸟了：漫漫夏日的好处多么明显。

当白昼渐渐缩短，小鸟们会在电线上排成一排，互相"啾啾啾"地叫个没完，为漫长的回程做准备。它们要飞经多远的距离呢？其实很难计算：它们常常不照直线飞行，而是在空中升升降降地画着圈。有那么一天，你会察觉自己已经好些天没见到一只家燕或听见它们的声音了，从那天起你便只有等着它们回来，等着再次听到它们飞行中轻快的啁啾，等着那一只不成——或许也能成——夏的燕子① 。

---

① 西方有谚语"一燕不成夏"。

大脊椎动物主义

　　鸟类的歌唱不仅属于它们自己，也是生命之歌。这不是虚有其名的大帽子，而是显而易见的事实。春天，生命之火复燃，你去到春意越浓、越生机勃勃的地方，听到的鸟鸣就越丰富。聆听这歌声就是在聆听生命本身：一个地方若没有多种其他形式的生命，断不会有鸟儿的歌声。你不妨把这歌声想作生活的冰山一角：每只歌唱的鸟儿得以栖身歌唱的小小平台都建立在大量与它生命形式相异的生物之上，其中有些怪神秘的，而大部分还未被人类注意到。通过这些歌声，我们知道一切生命活动正在鲜活有序地展开。

　　太阳是地球上所有生命最初的能量来源，阳光是一切生命的基础。当然，这不包括那些靠深海热泉生存的神奇生物，不过既然海底几乎没有唱歌的鸟儿，我们暂时就不用考虑这种情况了。阳光激活了植物,春天的苏醒伴随着新叶生长、百花绽放，这又给多少动物带来了食物。我们总从自身出发、习惯性地想到脊椎动物，这"大脊椎动物主义"常常让我们看不到其他生命有多丰富，例如英国本土就有两千种蛾，仅萨里郡登记在册的胡蜂就有两百四十二种。

世上的昆虫论个体、论种类都多到难以计数。当你从树下走过，会穿过一群又一群浮在半空的蠓虫，它们飞舞着，等待为争夺雌蠓虫来一场竞赛。一簇开着花的灌丛周围总能听到"嗡嗡"声。早春时节能见到一心一意寻找伴侣的雄性红襟粉蝶，它们好动，速度又快，虽然跟鸟儿比起来更显安静，但一样惹眼。每一截木头上都爬着我们大多从未留意过的毛虫，不过当上方传来蓝山雀和大山雀等毛虫杀手的呼叫声时，你就该知道毛虫的存在了。如果它们每天不曾吞下几百只毛虫，就不可能歇在高处歌唱了。

无脊椎动物也无处不在：叶子上、树杈上、细枝上、地下的腐植中、粪堆里、水里、水面上、近地面空中、高空……一只极小的幼蛛会爬到一根草茎顶部，吐出细长的丝借以乘风出行，这是它们认为有效的捷运方式。有的蜘蛛最终能安全着陆、开始新的生活，其他的在空中就被吃掉了。

春天实在是天赐良"源"，不仅对鸟儿，对一切生命都是如此，只要它们努力在这一年中的黄金时节有所收获、成长、繁衍，努力去完成基因和进化的使命，让生命延续下去。

这整个宏大莫测的生命进程最终凝结在鸟类的歌声中，展现给了我们，是我们仅凭数一数蠓虫或者考察一下幼蛛所无法揭示的。不过，要是空中没有迷我们眼睛、让我们蒙灾受害的无数种昆虫，要是没有让我们害怕的蜘蛛、让我们困扰的小虫子，也就不会有陪伴我们度过整个夏天的家燕了。鸟儿唱出的每一个音符都是奇迹，一个用许许多多生命换来的奇迹。

鸽子

人们很容易把鸠鸽科的鸟儿都归为一类：一大群会飞的"害田之鼠"、邪恶的庄稼破坏者，在我们头上不讲章法地"咕咕"叫着。事实上，英国有五种鸠鸽科的鸟儿，要是想一饱耳福，你需要把其中最动听的那种与其他几种区别开来。

岩鸽种野鸽

从野鸽说起吧。野鸽，以及竞翔鸽、野化鸽、扇尾鸽、筋斗鸽、球胸鸽、翻飞鸽和鸽房里养来观赏的白鸽都源自岩鸽（也称"原鸽"）。如今在英国一些偏僻、多岩石的地方，还能见到相对纯正的岩鸽，但岩鸽有着漫长的驯养史，一直被出于各种目的选育与配种。人们最初饲养岩鸽是因为既好养又能吃，可以说是一举两得，对鸽子来说也不无好处。后来大家不再为便利的蛋白质而饲养鸽子，只因喜欢有它们做伴，便以千奇百怪的名目养出了几百个品种，跟养狗一样。也跟狗一样，不同品种的鸽子，都属于同一个物种。查尔斯·达尔文对鸽子很入迷，他曾养过鸽子，还喜欢跟一些顶级养鸽迷、观赏鸽驯养大师来往。这些经历在他的著作《物种起源》中都有体现。达尔文推想着，如果对一种动物进行选育，几代之后它的性状就会大大改变（他把这一过程称为"人工选择"），长时间下来，以大自然（而不是人）为主导、自然选择（而非人工选择）为纲，兴许能有更大的改变。

看来辨认出这种鸽子来还是很重要的，它们的叫声听起来是从咽喉深处发出的、类似于"呼噜呼噜"的"咕咕"声。

斑尾林鸽

我们这里谈到的其他四种鸽子都是与岩鸽不相干的鸽种。斑尾林鸽虽然也能适应有花园、公园，林木葱茏的城镇，却是不折不扣的野生鸟。它的叫声比岩鸽种的鸟儿更复杂，节奏更强。记忆这节奏最方便的口诀是化为对一个偷牛的威尔士人的忠告："Steal twoooo cows, Taffy①." 其他人，或许就是威尔士人，可能更愿意记另一个歌诀："My toe is bleeding." 斑尾林鸽也是击翅

①"Taffy"是对威尔士人不敬的别称。

101

好手：它们喜欢巡视自己的领地，飞起时收拢翅膀一拍，发出惊人的一响，以让其他斑尾林鸽知道，这位拍翅仁兄的身体倍儿棒。从它受惊的样子，你就能认出这是一只斑尾林鸽：没有哪种鸟儿会像它这样小题大做地从树上弹起来，细枝都给它冲撞得四处摇颤。当你从树下走过，特别是黄昏时分，它已为将临的夜色做好准备时，就能听见这声让人既内疚又愤愤不平的惊悸了：内疚的是自己搅了它的安宁，愤愤不平的是它对自己如此缺乏信任。

灰斑鸠

过去五十年里，灰斑鸠在城郊和乡村找到了归属感，在这些地方人类的生存空间相对宽敞，它们也乐得其所，自然无拘地四散开来。灰斑鸠是一种优美利落的鸟儿，起飞的时候有点像天使，鸣唱的时候则听上去有点像情绪低落的足球迷们，大声而整齐划一地喊着："united, united, united."希腊人有个更妙的解释，也许会让你对这歌声留下更深的印象。灰斑鸠的拉丁学名为 Streptopelia decaocto，或叫"十八斑鸠"。这名字起源于一个故事，讲的是耶稣在赴十字架刑的途中感到很渴，他看到一位卖牛奶的老妇人，便向她讨一杯牛奶喝。她说一杯牛奶要十八个德拉克马①。耶稣说他只有十七个，可她坚持要十八个才

---

① 古希腊的银币。

行。十八。"Dekka-octo^①, dekka-octo."结果老妇人被变成了一只斑鸠,每当她张嘴唱出"dekka-octo""dekka-octo",人们就会记起她的吝啬。一年中任何时候灰斑鸠都可能突然唱起歌来,尽管春天才是它们唱得最欢的季节。

欧鸽

谈到候鸟前再来说一种鸽子,它可以荣获"全国最被忽视的鸟",因为太像鸽子了。它身形与斑尾林鸽相近,但没有后者身上亮眼的白色斑纹。不仅外形没有什么特别之处,声音也很容易被忽略。但它仍值得你细细分辨一番。欧鸽发出的基本上是一串重复的"咕咕"声,由于唱得热切,几乎每一声"咕"都像能听到回响,歌声就在这一连串用力重复的"咕咕"声中逐渐增强。这歌声也是在以某种方式毫不含糊地传达着求偶的信号。欧鸽爱在树洞中筑巢,也爱霸占仓鸮的巢,它们把我家那只为仓鸮准备的盒子据为己有已经有好些年了。假如我知道它们在全世界都属于黄色保护级别^②,一定会告诉自己它们比仓鸮重要得多。欧鸽不像仓鸮那样引人注目——这样的鸟儿倒也不多——但它们的歌声确实值得你细细聆听,你会引以为豪,

①希腊文"十八"的意思。
②英国把鸟类分为红、黄、绿三个保护级别,红色代表当务之急,黄色次之,绿色再次之。

并最终爱上它。

说到歌声，就不得不提提欧斑鸠了。

欧斑鸠

你看，冬天已经过去，雨已经下过，不下了。百花在地上出现了，百鸟鸣叫的节候已经来到；斑鸠的声音在我们境内也听得到了。这美丽的诗句——还有谁能把春回大地总结得更好么？——出自圣经里一卷鲜活生动的经文《所罗门之歌》，是一段长长的布道，却滋养了无数上帝的信徒。

此"龟"[1]并非是游在海里的龟，而是指欧斑鸠。它跟龟鳖目的那些龟没有任何关系，名字里带个"turtle"是因为它叫起来是"turr-turr"。它的学名为 Streptopelia turtur。暮春时节，欧斑鸠从树梢上慵懒而困倦地发出低低的柔声颤音，这声音表明了春日的圆满和夏天的来临；也让人联想起板球赛、装着"蜡烛"的栗树、花园里的啤酒、折叠躺椅中的小憩等一千零一种美好的老派英伦范儿。

唉，近来在我们这里也不那么容易听到欧斑鸠的歌声了，特别是因为马耳他人坚决要射杀迁徙途中飞经他们那个荒凉小岛的鸟儿，好像候鸟的迁徙还不够艰难似的。正因为如此，欧斑鸠轻柔又若有所思的颤音听来尤为珍贵，似乎封存着一种独

---

[1]《所罗门之歌》中将"斑鸠"（turtle dove）简称为"turtle"，字面意思为"海龟"。

属于一个已逝世界的恬然与安稳，在那里你永远不用担心没有烹茶的蜂蜜。那歌是一首让人愉悦的歌，而欧斑鸠——也许更甚于大多数候鸟——是一种值得我们去珍爱的鸟。

为什么要聆听莺鸟

也许了解鸟类歌唱的全部意义就在于莺鸟。它们有点像《尤利西斯》的第三章：你畅快地读完了前两章，一点也看不出为什么有人会说这书难读。然后你翻到第三章，看到开头这样写道："可见现象的无可避免的形态：这是最低限度，即使没有其他。通过眼睛进行的思维。我在这里辨认的，是一切事物的标志……" [①]

一些畏难的读者就在这个节骨眼儿上放弃了，许多想要成为鸟类观察者的人翻到田野手册里介绍莺鸟的那部分章节时也会如此。你看着满篇的鸟儿，要么偏黄绿，要么偏棕灰，你觉得自己永远也不可能把它们一一认下来、区别开，因为它们看上去都一模一样。那就干脆试也别试，满足于红胸鸲和蓝山雀好了。

---

① 引自《尤利西斯》，詹姆斯·乔伊斯著，金隄译，人民文学出版社1994年。

要我说，我自己也很难准确把它们区别开来，至少单凭看是不行的，极少有人能做到这一点。仅凭羽衣的细微差别来区别一些莺鸟和它们的近亲鸟种，简直是不可能的。如果你把一只鸟标本交到博物馆工作人员手里，他会去研究鸟喙的长度、它的腿爪的颜色和初级飞羽的最长值，然后答复你说这也许是一只柳莺，但其实它很可能是一只叽咋柳莺。

　　我却能一秒都不用，看也不看就把它们区别开来。这是因为这两种鸟的歌声大不相同。莺鸟就是这样：它们并不通过独特的长相来保持自己物种的完整独立性，而是通过与众不同的歌声。几种色泽与身形都差不太多的鸟儿彼此之间不会弄混，就是因为它们的歌声不大可能混淆。

　　莺鸟是最适合听鸟者聆听的一组鸟儿，要把它们区分开来，唯一切实可行的办法就是去听。它们鸣唱时并不现身，进食和日常生活也会避过睽睽众目，因而往往在最好的时节也难得一见。你不该用眼睛探寻它们的身影，我几乎不做这样的尝试，而是用耳朵去发现它们。听才是关键。这类鸟的闪亮之处并不在身体的颜色，而在于它们的歌声。

　　旧大陆的莺鸟①约有三百五十种。在这里我们不必考虑新大陆的莺鸟②：它们是完全不同的一个群体，该由新大陆的观鸟者和不列颠的"推车"族来梳理——当这些小鸟被大风吹得掉了队悲惨地流落到不列颠时，"推车"族就有的兴奋了。旧大陆

---

①指欧亚非莺科鸟类。
②指美洲的森莺科鸟类。

的莺鸟都相当小巧，大部分几乎只吃昆虫和蜘蛛，外表多为棕灰暗色。非洲和亚洲的莺鸟多是留鸟，澳洲有八种莺鸟。

我们这里只谈英国有的莺鸟。留鸟有波纹林莺和宽尾树莺：前者现在是一种相当难得一见的鸟儿，你得去英格兰南部低地的一些荒原上寻找它们；后者多生活在湿地周围，且数目正在增加。其他的都是候鸟，有的会迁徙到欧洲南部和北非，另一些会飞到撒哈拉以南。在英国，一整个冬天都能见到零星的短途迁徙客，如叽咋柳莺和黑顶林莺。不列颠的观鸟者们持续关注的莺鸟有十几种，这本书里我们只涉及比较基本的几种。你不妨把本书当作一本常用语手册，它能教给你用法语问车站怎么走，或点一支潘诺茴香酒，但还不能教你读普鲁斯特的作品……但我仍期待这本书能带你上路，期待你沿着这个方向走下去，并最终到达那个高度。

我也不是说基本的几种莺鸟就缺乏深度，学会莺鸟的基本表达这个过程本身非常重要。正是在你突然了解了一个不曾看见的世界时，你才会意识到身边有那么多生命，生命是那么地丰富。

莺鸟是你了解一切的关键，不仅对于学习鸟儿的歌唱，甚至对于了解生命本身也是。莺鸟在温带地区繁育时会唱得更起劲，因为通常这时候它们彼此凑得很近。高密度群聚会激发它们的歌唱热情，因为领地之争就意味着要以歌取胜。我记得有一年水蒲苇莺出现得格外密集。之前我从未觉得它们是出色的歌手，但当我去到萨福克郡的明斯麦尔鸟类自然保护区，发现那里回荡着的水蒲苇莺的歌声，比我以前听过的任何一次都要美妙多变。这歌声深深地震撼了我——尽管它们意在打动彼此而不是打动我。那一年，只有最出色的歌手才能繁殖后代，仅这一点已足以让它们拼尽全力、唱出自己的最佳水准了。这就是莺鸟，歌唱是它们的生存之道，不要费眼神去寻找它们了，用耳朵聆听吧。

黑顶林莺

好些被称作"莺"的鸟儿其实并不用柔和的颤音歌唱①。我们前面已经谈过叽咋柳莺，虽然它的俗称"chiffchaff"中并不含有"warbler"的字样，但它确属于莺类。叽咋柳莺看上去跟它的近亲柳莺几乎一模一样，歌声却不像莺鸟那样婉转，至少唱的不是那种曲调悠扬、节奏快而流畅的歌。黑顶林莺（blackcap）也是莺鸟的一种，名字里也不带"莺"（warbler），但说到莺鸟这种招牌唱法，它大概是当之无愧的冠军。（我希望这些已经让你云里雾里了，感到困惑就对了，因为我想强调的就是生物的多样性。莺鸟有许许多多种，当你开始了解其中几种，你就在渐渐解开生物多样性更大的秘密了。）

黑顶林莺是很多人最爱的鸣禽，有人觉得夜莺的歌声都没

---

① 英文中动词"warble"特指这种鸣唱，加上名词后缀即变成指代莺鸟的"warbler"。

110

法与它的相比。约翰·克莱尔曾为黑顶林莺写过一首诗，称它是"三月的夜莺"：一种比不到四月末不会开唱的夜莺到得更早、唱得也更早的鸟儿。黑顶林莺也被称作"北方夜莺"，因为它们在英国的活动范围也比夜莺要广得多，近来由于气候变化，北至奥克尼群岛都听得到它们的歌声。

黑顶林莺唱到酣处音色格外清亮圆润，有一种扎实饱满的质感，让人感到它是在享受着每一个音。哪怕唱得很急很快，它似乎也在刻意追求着每个音的音准。除乌鸫之外，花园歌手中唱得最动听的大概就是黑顶林莺了，不过乌鸫的歌声更悠闲，更慢一些，单个音也不如黑顶林莺的响亮饱满。

黑顶林莺的歌往往以乐句为单位：通常从几个尖利刺耳的音起唱，再毫不费力地转入歌曲饱满清亮的核心部分，最后以华丽的花式乐句收尾。

这些鸟儿大多在地中海沿岸地区过冬，尽管现在留下过冬的越来越多；还有一些在德国和奥地利繁育，而来英国过冬。在地中海沿岸建立大本营的它们被归入短途迁徙客的行列，也就是说它们可能更早一些回归英国的春天，尽管没有叽咋柳莺早。四月初你就可以留心听听看，如果发现一个声音不再是你熟悉的常规曲，不妨验证一下是不是黑顶林莺。

黑顶林莺用以联系和警示的鸣叫也别致可辨，通常人们会说像两块石头撞击的声音。在植被较多的地方你总能发现这些鸟儿：它们不像有些莺鸟那样挑剔，并不执意要求连片的遮挡物或完整、封闭的树冠层。黑顶林莺不仅歌声悠扬，适应能力也强，这使它们成功地生存了下来。我家那边每年都能看到两只繁育期的黑顶林莺，各占一棵心爱的山楂树作为自己歌唱的主要站点。每回经过那里，我的脚步都会因它们的歌声变得轻快起来。

不复存在的柳鹪鹩

一直到十八世纪，在英国大家都知道有一种叫"柳鹪鹩"的鸟。之后，有位一流的观鸟者——他也是最伟大的博物学家、历史上最出色的科学家之一——意识到被人们称作"柳鹪鹩"的鸟其实分三个不同的鸟种。吉尔伯特·怀特仅靠着出色的田野观察——没有二十一世纪的双筒望远镜、最尖端的录音设备、播客、田野指南、苹果手机里的观鸟应用、友好的当地专家等任何帮助——就弄清了人们所说的"柳鹪鹩"其实是叽咋柳莺、柳莺和林柳莺三种鸟。他能有这样的发现，得益于方法上的重大突破：观察活生生的个体，而不是杀掉它们再来研究标本。至为重要的是他会仔细聆听。怀特也许是最伟大的观鸟者了：通过聆听他才发现，从前人们以为的一种鸟其实是三种。三种不同的歌声，只可能意味着三个不同的鸟种。我们理解野生世界的方式由此发生了温和、微妙却也是永久性的变化。

怀特是最早的教区牧师兼博物学家，曾四次担任汉普郡塞耳彭教区的教职。他集中研究一小片村子，由此改变了人类理解野生世界的方式。《塞耳彭自然史》就是他写给英国动物学家托玛斯·本南德和皇家协会会员丹尼斯·巴林顿的书信结集，此书自一七八九年发表以来从未断版过。就革命性而言，怀特的贡献不亚于同年发生的任何其他事件。

怀特以塞耳彭村这个整体为研究对象，把它看成一个鲜活并处于变化中的存在，也就是我们所说的"生态系统"，由此开创了生态学；他研究观察动物的行为，由此开创了动物行为学；他对季节变换的迹象尤其着迷，记录四百种动植物的出现、再出现长达二十五年之久，由此开创了物候学。他还是第一个描述巢鼠和褐山蝠的科学家。他是个低调谦逊的天才。

怀特是日常的行家，他的天才见于平凡。乡间的日常生活他都看在眼里，并透过观察使它们富于意义，不仅是对他自己，也关乎每一个人。他笔下流淌着爱意与尊重：他热爱野生世界，并且对野生世界的重要性和它存在的合理性有一种相对现代的信念。野生世界是一个乐趣与快慰、刺激与冒险并存的地方，早在别人之前他就意识到了这一点。他是个科学家，也是个满腔热忱的人。他发明了观鸟活动，也就是说，从他开始，聪明人才试着为乐趣去观察鸟类；从他开始，人们才想着漫步乡野，去观察、了解，并顺随自然通达地学习周围的事物。

也许他最擅长的是好奇：当他好奇"这是什么"，就一定会追根究底；当他好奇"为什么这样"，就会冥思苦想上好些年。

怀特对家燕的好奇就一直不减。它们是飞去哪儿了，还是在池塘底冬眠？他最终也没能弄清真相，却一直在发问、思索，这就已经给了我们所有人一个榜样，让我们看到科学家与非科学家的区别。

我希望你现在要开始直面这些伤脑筋的莺鸟了，并已经能从鸟鸣的背景乐中辨认出不同的歌手来。与此同时，我也特别期待你开始与野生世界建立更为深刻的联系：从前只听到一片欢声喧闹的地方，现在听得出黑顶林莺了；你也越来越清楚地意识到叽咋柳莺、柳莺和林柳莺彼此是不同的。偶尔，我们不妨记着向吉尔伯特·怀特致一下敬，正是这位牧师改变了我们看待世界的方式。

那么，我们最好也来探究一下为什么柳莺不同于叽咋柳莺或林柳莺，再或者柳鹪鹩。

柳莺

当我第一次从鸟中分辨出柳莺来，我知道自己真的爱上听鸟了，可以全身心投入进来了，那是一种深久的幸福感。也许我不该试着把柳莺夸成这样，毕竟它们的歌唱称不上最好。但从另一个角度我觉得这歌声又在某些方面称得上是最好的，因为它于我有着特殊的意义。你也可以理解为，柳莺的鸣啭是我的心头之好。

约莫一年前，我拥有了自己的划艇，不是那种可以让你一炫"爱斯基摩翻滚"技术的划艇，而是加拿大划艇，有地方搁啤酒罐，还有一个小柜子放三明治。我把它弄到韦弗尼河边，诺福克郡与萨福克郡的交界处，按默认的郊游路线沿河逆流划上去，再划回一处鲜有人工建筑、未被过度开发的河段，两岸是繁茂的植物。四到五月初，这片区域几乎是柳莺的天下，我的划行之旅满是乐趣。那一片有五六种其他莺鸟——我悄然划过时可以一一分辨出它们，但定下调子的还是柳莺。

我第一次牢牢记住柳莺的歌声，是在萨福克郡的明斯麦尔鸟类自然保护区，当时我正在写一本书，记录自己在那儿度过的一年。那天，我与时任助理管理员、现在已经是 RSPB[①] 东部地区主管的罗布·麦克林进行鸟类调查。我们一边走着，一边自然地从歌声中辨认着柳莺，每听到一只，罗布就在地图上相应的位置标示出来。一天将要结束，我们听了无数的柳莺，我确信自己再也不可能听见一只柳莺而认不出它来了。

年复一年，这歌声总是先以一声惊雷般的喇叭的尖响知会我，就像用高音电喇叭尖声呼喊着春天的到来。但这并不妨碍柳莺的歌声是最轻柔悦耳的，几乎像琶音一样，甜美而含糊地顺着音阶唱下去。每一小节持续约三秒钟，先迅速升到一个最高音，再渐次降下、滑至尾声。柳莺领地意识很强，这歌声可以说是生死之歌，但却仍短小轻柔，而且歌声中包含着很多微妙的变化，你可以坐下来细细聆听，或划船从旁经过。

它们会在同一位置唱一阵儿，停一会儿，再接着唱下去，轻柔地坚持着，温和而坚决地宣布着，这一片不列颠的土地是它们的。近些年来，柳莺在一些地方更少见了，倒成了一种稀罕的鸟儿，带给你意想不到的愉悦。也正是因为这个原因，当你发现自己身处它们的最佳栖息地，如英格兰河边的灌丛，或少有人想到的苏格兰北部时，那感觉真是棒极了。鸟儿的长途迁徙变得越来越困难，但那些费力迁往更北处的柳莺似乎也没

---

①英国皇家鸟类保护协会（The Royal Society for the Protection of Birds）的简称。

有白白辛苦。

　　柳莺不论在哪儿都有极强的领地意识，并且往往在每年晚些时候、孕育第二批小鸟期间，唱得更起劲；它们也会在非洲的越冬地大声歌唱。柳莺真是种令人惊奇的小小鸟：有着小小的体格和甜美的嗓音，是勇敢的迁徙客也是凶残的竞争对手。当你听出春天的第一只柳莺，把它弄了个明白，从此就很难放下，好比读完《尤利西斯》的第三章，便深深地沉迷其中。你成为一个忠实而彻底的听鸟者。自此，伴你一生的乐趣出现了。一旦过了柳莺这一关，你就无可救药地沉沦了。

听鸟头一年

侧耳倾听

　　但愿到现在你已经能闭着眼识别好些鸟了，也就是说，听到它们的声音你就能喊出它们的名字。这代表你入门了，而且开了个好头。但这只是开始，还有更多的歌声和鸣叫有待你去了解，而且听鸟绝不只是辨认鸟的种类那么简单：如果听鸟仅仅是为了知道"啼啾啼啾"的是大山雀，而顺着音阶唱下去的舌尖音属于柳莺，那不过是小把戏罢了。

　　当你打开收音机听到一首曲子并且确定它是巴赫的作品，你不会就此关掉了事。辨认仅仅是第一步。还是让我们从柳莺说起吧。一旦它的歌声刻入你的脑海，你就不会再弄错，但这并不是说当你听出一只鸟是柳莺，你就穷尽了一切可能。以前人们通常觉得观鸟就是看到一只鸟→认出它→再找下一只的过程。其实，观鸟是为了观察鸟类，并透过它们来了解世界。听鸟也是异曲同工。你用耳朵辨认出了它们的种属，但这不是终点。你还可以继续聆听。你会察觉出一些微妙的变化，它隐隐暗示着这只歌唱的鸟是一个独特的个体，而不仅仅是它所属种群的普通一员。你可能并不想刻意去分析，但细心聆听时，你自然会注意到这些细节。

每只鸟鸣唱时的轻重缓急也是不一样的，也会因时因地及依竞争者的多少而有所变化。每组音乐都反映了鸟儿所在栖息地的特点，以及它是在一年中的哪个季节、一天中的哪个时段歌唱的。从某种程度上说，无论是观鸟还是观察自然都是为了感知时间和空间。一个中级听鸟者可以在任何季节蒙上眼睛、穿越时空"空降"到英国任何一个地方，然后大体猜出他所处的季节和位置。而一个天才听鸟者则可以在世界上的任何地方做到这一点。就算是我，赞比亚的卢安瓜峡谷也不成问题。

听鸟，让你对这个世界和它的运行方式有更深入的了解。鸟是有地域性的：沙漠中不会有鸭子，皮卡迪利广场也看不到柳莺。同时它们也有季节性：在一月的英国看到燕子或在圣诞期间听到云雀的歌声你都会觉得不对劲。通过听鸟你感受到了地球的律动：不是靠着那些干巴巴的客观事实，而是像我们的祖先那样，凭内在的直觉去感受。

在聆听的过程中，你也会发现多元的重要性。听的越多你就越会发现，原来身边有那么多只鸟、那么多种鸟。你会意识到自己只是这片生命景观的一部分，这里生活着更多你从未注意到的共存者。当你在春天漫步穿过树林，认出了十来种鸟，你会猛然发觉世界并非为人类文化所主宰，也不是人类与其他一切的二元对立——后者是人类更常犯的错误。人类只是这个包罗万象的生命体系中的一员，这一事实会在听鸟的过程中不断得到印证。

　　亲爱的读者，希望你已经度过听鸟的第一个春天，了解了很多种不同的鸟，也因此意识到更多更为深刻和重要的事。第二个春天你会有更大的惊喜。不过鸟儿的鸣唱一年四季不绝于耳，在下个春天来临之前，我们可以先来听一听其他的鸟声。

海鸥

听鸟的麻烦在于一旦养成习惯就很难再停下来。有时候这也挺烦人的。本书第一部分介绍的鸟要么是你常能在花园、公园、公共区域和郊区遇见的，要么是你在近便的乡间遛狗时就能见到的。但要是你去其他地方，也会听到别的鸟叫声——你总会好奇这是什么声音。

有时，这简直像要重新来过。但你只要记住一点：这个过程本身也会让你乐在其中。到澳大利亚去拜访朋友的农场或去美洲某处旅行时，我常会犯难，但只要牢牢记住几种声音，我就能从一片混乱中摸索出一些规律来。在其他地方，我的观鸟经验要丰富些，至少脑子里不是一片空白，但有时一瞬间也会被难住：这种鸟我不记得了，那种鸟模模糊糊，还有一种根本就没见过，而且它们三个听上去都一样……

我们还是去海边吧。春天结束了，暑假已经开始。你来到海边，听到海鸥的声音。在英国，你常能见到的海鸥不下六种，要区分这些喊声、尖叫声、"哇哇"的颤音，还要搞清它们是什么意思，这真的可能吗？

鸥鸟并不歌唱。它们不像鸣禽，没有那么强的领地意识，但它们也是喜欢唠叨的家伙，只是表达的目的略有不同罢了。对鸥鸟来说，很多让人惊艳难忘的叫声是为了示威，换句话说，是为了展示自己的力量，用威慑达到不战而捷的效果。鸥鸟几乎总能看到对方——歌唱中的鸣禽并不常如此——因而声音只是为威慑性的姿态或飞行造势。声音是鸣禽首要的沟通方式，对于显露在外的鸟来说则是次要的。它们的叫声通常比较简单——本来也没必要太复杂。不过，听起来还是挺震撼的——这才是重点，毕竟它是在骄傲地示威。

银鸥

最典型的海鸥叫——也就是我们一听到"海鸥"这个词马上会联想到的那种叫声——其实是银鸥发出的一种示威的呼叫：像是你在《荒岛唱片》节目开场听到的那一连串反复的尖叫，或是任何一部电影或古典剧里用来表明场景切换至海边的那种声音。鸥鸟的叫声有多种，但音色是不变的。你可以轻易辨认出银鸥的其他叫声，因为它示威式的呼叫对我们来说再熟悉不过；而其他叫声——单音节的尖厉叫声，以及大致以三个音为单位、低沉含混的咕哝声——听起来又显然是同一种鸟发出来的。

红嘴鸥

红嘴鸥是英国最常见的鸥鸟，但它不像其他鸥鸟那样眷恋海边和港口。作为栖息地最深入内陆的鸥鸟，它们常常出没于垃圾填埋场和垃圾堆：一大群鸟从天空拥来，白色一片，极为壮观，仿佛垃圾堆是天底下最让它们兴奋和倾心的地方；空中回响着它们刺耳的尖叫，往往是顺着音阶从高叫到低，听上去就像指甲划过黑板一样让人抓心挠肺。这叫声单独听来并不出众，但如果你同时听见成千上万只一起呼喊，就大不相同了。每次遇到庞大的鸟群，不论是什么鸟，都能让人感受到野生世界对压迫者的反击——此刻，这群反叛的白翼自由战士正是一支尖叫空军军团。叫声的强弱在不同场合下会有所变化，如在威吓对方时，红嘴鸥会持续地反复尖叫。

当你接着了解其他常见的鸥鸟，如小黑背鸥和大黑背鸥，你会发现自己在聆听的时候已经能试着猜测一二了。小黑背鸥的腔调和银鸥略有不同：有些人说小黑背鸥的鼻音更重，音调更尖细。大黑背鸥的叫声则粗哑低沉一些，毕竟它们身形要大得多。我没有在播客里录入这些叫声，因为你们还处在一个微妙的学习阶段，我不想把你们搞糊涂了。但不妨练习看看：你可以坐在海边的酒吧外或在滨海人行道上挑个好地方，仔细观察那些呼喊着的鸥鸟。这样做还有一点好处是它们就在你眼前叫着，你可以一边喝点东西一边试试看能不能把银鸥和小黑背鸥区分开来。

三趾鸥

再说一种鸥鸟吧，如果你在春末夏初去到英国多岩石的边远地区，就会遇到它们。比起其他鸥鸟，三趾鸥叫起来要多几分狂野，少一些拘束。这种鸟一点也不喜欢内陆，只要是疑似垃圾填埋场的地方，它都嗤之以鼻。被称作"远洋水鸟"的它们属于广袤的海洋，但筑巢时又会飞回到悬崖上，而且每次都少不了一阵大呼小叫。三趾鸥主要的叫声是一种狂野又哀戚的双音尖叫，不过有时候它也会故作深沉地叫出自己的名字，把第三个音咬得很重。对于听鸟者来说，这悲鸣常会把你的思绪带到浩渺无际的大海上去——那四面都望不到陆地的地方，会让大多数人类心生恐惧，但那里却是三趾鸥温暖的家。

楼燕

我有个好习惯，就是每年初夏都会和大儿子一起去一次萨福克当地的酒吧。我们坐在停车场边无人光顾的长凳上，视线所及是短短的一条乡间小路，路的一边是几十栋有些年月的老房子。我们俩就舒舒服服地坐在那儿喝着酒欣赏着表演。

它们来了，一次二十几只，轻巧灵动地飞在屋顶的高度，亮出它们最大的嗓门尖声叫着。对，是楼燕，一支名副其实的尖叫团。

楼燕大概已经挤掉家燕，成了英国人最喜欢的候鸟，这主要是因为它们比家燕更能适应城市的环境。只要能找到筑巢的地方——老房子的阁楼是它们的最爱——和布满昆虫的天空，它们就心满意足了。楼燕是飞行的行家，在所有鸟中是最爱天空的。它们飞行的场面也可以说最为壮观，这倒不是因为它们色彩有多艳丽——它们基本都是黑灰或灰黑色，而是因为它们飞行速度惊人，而且喜欢群体行动，常常一边飞一边尖叫。

　　楼燕的声音不如家燕那样清脆，也无法与各种莺鸟媲美，但那疾闪而过的鸟群配上声嘶力竭的尖叫着实让人叹为观止。每年春天到得最迟又离开最早，夏天几乎还没开始它们就飞走了，与我们相伴的时间也不过三个月。它们一来就挤在一起，通过尖叫来决定交配对象这类重大问题。交配问题解决之后，未成熟、不在繁殖期的燕子也会组团尖叫个没完，纯为图个乐子。当短暂的英国之旅接近尾声时，楼燕们又会尖叫着集结成群，打起精神准备长途跋涉飞回非洲。

　　平日里，楼燕算是敏捷的飞行健将，普通时速可达二十六英里，这是它们平时飞行或飞捕昆虫时的默认速度。但一旦开始成群尖叫，它们就变得争强好胜起来，疯了似的追求速度。为求快，它们会在竞翔中大幅调整翼型，改变空气动力，这时它们的速度可以达到每小时六十九点三英里。在水平直线飞行中，它们是最快纪录的保持者；即使是向上飞开时，也能保持这样的速度。游隼只能在靠着重力加速度俯冲时突破这个速度，楼燕却无须借助任何外力就能达到和保持它的速度。

　　它们一路高歌：这嘹亮奔放的歌声让你很想往包里丢上几件必需品马上就跟着它们飞往非洲。

　　我还记得在非洲听到过楼燕的叫声。那天天气酷热，赞比亚卢安瓜峡谷的旱季已接近尾声，大家都在渴望着甘霖。突然之间，天空中乌云密布——时间仿佛在一刻钟内快进了三个月——这时从遥远的天际传来隐隐的尖叫声。我透过望远镜望过去，刚好能认出那队形似镰刀的身影正是飞行中的楼燕：它们翱翔于锋面之端，仿佛亲自为我们带来一场馈赠般的雨水。当然，它们也正以自己最高的分贝尖叫着。

这声音不难辨认，但自打你成为一名听鸟者起，就再也不会对它充耳不闻了。它会一直伴随着你，让你即便置身都市，也能感受到大自然的气息。

福利大放送

欣赏鸟鸣，或者说欣赏大自然，有两种方式。一种是顺其自然，把它们当成日常生活的一部分；另一种是主动去寻找、去发现。在我看来，两者都很有效，也都很必要。两种方法都附带有意外的惊喜：你所邂逅与收获的总会超出你的预期。等你的耳朵也能像眼睛那样灵敏，收获更会加倍，比如你可以在一片漆黑中听鸟。

你可以出去走走，去探访大自然，或即便是到花园里坐一会儿也挺好。下一步则可以有目的地进行一次户外考察，或像我坐等楼燕那样，明确知道自己想看到什么或听到什么。你听得越深入，就越能享受这份独得的秘密之趣。

我还记得黑暗中的那场萨福克音乐盛宴。那是几年前的暮春时节，我和老朋友约翰·伯顿结伴出行。他是世界土地信托基金的负责人，这是一个为全球各宝地的野生动物保护赞助购地资金的组织。我们去找，更确切地说去听欧夜鹰：这种神秘的鸟生活在开阔的地方，夜间捕食昆虫为生。夜晚是它们最活跃的时候，因此建立领地、寻求伴侣都是在夜间完成。夜幕降临后，我们来到目的地细细聆听，果然听到了欧夜鹰那诡谲神秘的突突突连响：既不同于人声，也不像鸟类，根本不像任何脊椎动物的声音。这声响带有几分电子合成的音色，像一根手指在抽动着转动一台故障收音机的电台调频盘。这意蕴无穷的声音来自欧夜鹰，一种来头格外诡异的鸟儿。

我们选定的听鸟点是国家遗产基金会照管的一片荒地，与明斯麦尔自然保护区接壤，形成一片顶级栖息地，因而当我们在这寂静的夜里又听到雄性大麻鳽雾号般的隆隆低鸣时——大概是从一英里外传来的——也就不觉得多稀奇了。

一只夜莺开唱了。稍后我们会更仔细地来听夜莺，但现在不妨先来体验一下这些歌王。开唱的有两三只雄夜莺，这会儿已到了春末，它们的领地已经确立，繁衍后代的任务也即将完成，按照夜莺界的标准，这歌声听起来似乎有点儿敷衍了事。但不管怎样，能听到夜莺的歌声总是件好事。单听这些季末的细碎小曲，你就能想象夜莺的歌声有多美好。

这还不算完。我们又听到明斯麦尔那边——但这次离得没有那么远——有另一种夜间活动的诡异的鸟：是奇腔怪调的欧石鸻献声了。这种生活在干燥开阔地带、眼睛圆突的尖叫能手，给我们带来了意外的惊喜。乍听到这奇怪的声音，我们有好一阵儿没反应过来，后来才想起之前确曾有人在明斯麦尔发现过不少欧石鸻。

夜晚的惊喜还远没有结束。黑暗中传来一阵奇诡的颤声，接着是一阵同样的应答。这次我是彻底懵了，连个靠谱的猜测都没有，但伯顿几乎马上就听出是黄条背蟾蜍，这是一种在英国极为稀见的两栖动物，有着让人难忘的声音。

这就是我们欣赏到的纯天然管乐五重奏，一场距萨福克海岸不过一英里的绝妙小型音乐会。对于这五种狂野却低调的神奇生物来说，声音占据了它们生命中很重要的一部分。宁静的夜晚是它们最好的时光，在这样的时候，它们的声音有一种穿透力：每一只突突突连声叫着、隆隆低鸣着、歌唱着、尖叫着、呱呱颤鸣着的生灵都在萨福克漆黑的夜色中亮出了自己的身份。

说到这儿，一种优越感不免油然而生。我们大概是当时唯一有幸聆听到这些声音的人类，唯一参与到这个人类之外世界中去的人。要是没有练就聆听的技巧，也许我们听到的不过是一团莫名的聒噪；但要是没有这声音本身，我们也就根本不会专门跑去听了。

这就是本书给你的福利，至少我希望是如此。以前——可能现在还是，你会从一盒麦片中得到诸如塑料玩具之类的赠品。那本书给你的赠品则是一种新的感官体验：一种听觉的享受，一种优越感，最最重要的，是一种归属感。

海边涉禽

来到海边，你能遇到的远不止海鸥，还常能听到其他一些在内陆很少见的鸟。教你一个小窍门：如果你发现海岸边有种鸟声随处可闻，但又不是海鸥，那就是蛎鹬无疑了。当然，这么说有点儿绝对，但对新手来说还是挺实用的。

蛎鹬

蛎鹬总是叫个不停。要是你听到有种鸟发出尖锐的哨声，并且一直急促地重复直到歇斯底里，那多半就是蛎鹬了。它们的颤音尖锐而嘹亮，像极了裁判哨。兴致高涨的时候——它们似乎一生中大部分时候都处于亢奋状态——蛎鹬会发出一系列这样的声音——请原谅我只能拼注这个叫声——"k'peek, k'peek, k'peek"。

蛎鹬非常容易辨认，因为它们的外表也十分抢眼：通身黑白形成强烈对比，喙则红得像条胡萝卜。当你听到这与众不同的叫声，循声望去就能看到一只独特而显眼的鸟，而它也完全不介意把自己暴露在你面前。观鸟活动都该是这样一个先听再看的过程。蛎鹬为你提供了便利。

红脚鹬

作为给你的初学者攻略，我还要补充介绍三种涉禽，它们的鸣叫都毫不含蓄。在全英国的鸟儿中红脚鹬有个顶浮夸的绰号：沼泽哨兵。随便在湿地走走，不管是沿着海涂、河口，还是海岸沼泽，你总会惊起一片红脚鹬。它们总是习惯性地一惊一乍，一点也不淡定：稍有惊扰，就会飞到空中，发出婉转动听的三音示警，特别是会把第一个音咬得很重。

红脚鹬还会发出许多不同的警示音，多半用在不那么紧急的情况下。静静坐下来聆听远处的一群涉禽，你会发现它们彼此应和的时候并没有那么歇斯底里。它们掌握着一套由唧唧、嘟嘟、唏唏组合起来的独特语言，这构成它们所处自然景观不可或缺的一部分。本杰明·布里顿以萨福克海岸为背景的歌剧《彼得·格赖姆斯》里，就有红脚鹬的叫声。听上去似乎它们的叫声是在倾诉着自己有多么孤独，辽阔冰冷的海边是多么苍凉，但其实鸟儿们压根不会想这些。它们有时是想表达彼此的团结一心，有时则是表示对自己的安居之所非常满意。听到什么完全取决于你怎样去听。

白腰杓鹬

白腰杓鹬是另一种让人联想到苍凉和孤寂的鸟。它的叫声由两个音符构成，重音一般在最后一个音节，听起来就像在念自己的名字，人们总说这是一种听后"萦绕心头，挥之不去"的声音。托马斯·格雷的《墓园挽歌》中，就有"杓鹬叫起一阵阵给白昼报丧"的描写。[①]

白腰杓鹬的叫声多种多样，有些就是在双音符鸣叫的基础上加以重复和变化，而其中最让人震撼的是一种饱满而带有波动的叫声，有时会重复上六七次，在好几英里之外都能听到。除了在海边，你也能在沼泽和山区的繁殖地见到它们的身影。

凤头麦鸡

凤头麦鸡的活动范围并不限于海岸，大部分潮湿的地方都

---

① 这句诗原文为"the curfew tolls the knell of parting day"，卞之琳译作"晚钟响起来一阵阵给白昼报丧"。格雷误把诗中的"curfew"（晚钟）记成了"curlew"（杓鹬）。

为它们所爱。它们的声音铿锵而独特，很容易记。有时凤头麦鸡也被叫做"皮威鸟"（也译作"田凫"），从这个名字便可以大致推断出它们的叫声是怎样的。不过最值得注意的是它的声音又细又尖，听起来有点像双簧管这种双簧乐器。

你可以先听听最基本的"皮威"警示音，但和其他涉禽一样，这个基本音能衍生出很多变调。鸟群中的凤头麦鸡会用各种各样难以捉摸的叫声进行交流。当它们要炫耀、示威的时候，就会疯狂地喊着"皮威"来为自己炫目的特技飞行表演伴奏。

以上这些都是涉禽。除此以外还有很多种，有时间你可以自己去研究研究青脚滨鹬和斑尾塍鹬。这四种鸟是为了让你开始熟悉长腿鸟，等你熟悉了它们的声音，就会猛然发现它们的嗓音是你听鸟生涯中所遇到的最优美、最有感染力的声音。

"喂"的说法

当你聆听涉禽和鸥鸟并学着从音质而不是某一种具体典型的叫声去辨别它们，就会渐渐接受每只鸟都是独立的个体这一事实。它们不仅仅是一个种群中长相类同、行为反应也都一致的普通一员。认出一只鸟是凤头麦鸡还不算完，至少这不是它的全部。

鸟儿并非那种你按下一个键它就做出一种反应的自动机械装置。红脚鹬的警示声很容易辨认，但这声音同时也蕴含着它对自然的看法，暗示着危险的程度：这取决于它所处的环境、一天中的时段，以及危险的远近和严重程度；当然，也取决于它自己的心态。刚被飞过的雀鹰吓得魂飞魄散的鸟儿对过往行人的反应要比平时剧烈得多，毕竟它刚刚从一只凶猛捕食者那里死里逃生。

乍一听，大部分鸟的叫声似乎也就那么几种：一种用来警示，一种用来联络，还有一种用来威慑。但这些叫声之间其实没有严格的界限，同一种叫声可以有不同的音量、强度、节奏及重复次数。人类打招呼的方式不也有几十种吗？同样是问候，却有着各种微妙的区别。比如你看到手机屏幕上的来电显示，接起电话说了句"喂"，这声"喂"可以很冷淡，可以比较友好，也可以是怒气冲冲或轻松俏皮的，甚至饱含浓情蜜意。"喂"只是一声招呼，却有着多种不同的含义和暗示。

鸟类会用声音传达很多重要的信息。仔细聆听，你就会慢慢领会它们的意思；与此同时，你对这个世界的了解也正跨越物种的界限。每个人都可以和一只猫、一条狗或者一匹马有这样的交流，尽管很多哲学家认为这是不可能的。就像自己的狗一叫，主人就能判断出它的意图；听鸟者也能领会到，从一声简单鸣叫衍化来的无数微妙变化表达了哪些奇妙的含义。

听鸟的绝妙之处在于它远不止书本知识那么简单。书本不能告诉你不同的狗叫声有什么区别，它的意思到底是"求求你让我进门吧""花园里有一只猫"，还是"有不速之客来啦"。同样地，光听录音也无法充分了解鸟声的微妙变化。反而你会在不经意间，在听鸟的过程中，由潜意识积累起这种能力。在这个过程中你会慢慢发现，世界越来越丰富多彩了。

乌鸦

乌鸦一年到头叫个不停，叫声也不算动听，很少有人学习听鸟是为了听鸦叫。尽管如此，乌鸦还是有可以引以为傲的资本——它们非常聪明。我曾参观过尼基·克莱顿教授在剑桥大学的鸟舍。在那里，她从方方面面向我展示了乌鸦足以与黑猩猩相匹敌的智力水平。这种鸟足智多谋，可以说世界上大部分的鸦科鸟都是利用人类的行家。得承认的是，乌鸦的歌喉并不怎么样。但要全方面了解野生鸟类的生活，鸦声不可或缺。乌鸦发出的一系列刺耳的声音，有时会让人觉得聒噪难耐，也许它们比啄木鸟更适合归入打击乐器组。你也可以说，它们在鸟儿们的唱叙里插入了逗点。

我们就从一般意义上所说的乌鸦讲起吧。英国常见的黑色乌鸦有三种，非专业人士一概把它们叫做乌鸦，鸟类观察者则惯用合称"鸦科鸟类"，表明自己所指的鸟不止一种。通常意义上，乌鸦指的是鸦科鸟中体型偏大、羽毛为黑色的小嘴乌鸦。

小嘴乌鸦

小嘴乌鸦的叫声近于 "crow"，或是 "caw" "kraw" "kraaaagh" 等任何一种你愿意接受的拼法。这声音洪亮有力，也有人觉得听上去怒气冲冲的，而且一般以三连音出现：要是听到三声鸦叫一声连着一声，叫得急促而带有怒气，那准是小嘴乌鸦了。小嘴乌鸦大部分时候都是结对行动，有时也只身出现，所以你要是听到了一大片鸦叫声，更可能是秃鼻乌鸦。"一两只是小嘴，一两群是秃鼻"的思路没有错，但也不是绝对的，只能作为大体的判断原则。小嘴乌鸦有时也会结群，有时还会混进秃鼻乌鸦和寒鸦的队伍中。不过这几种鸦的叫声总是各不相同的，尽管有时候你也难以确认到底是哪一种。

秃鼻乌鸦

秃鼻乌鸦在集体中才有存在感。它们也爱叫，并且乐此不疲，停不下来。但它们的叫声不是三连音，调子也比小嘴乌鸦要柔和得多，听上去并没有怒气。总的来说，它们对自己的生活相当满意，平常聚在一起时，总是一直"聊"个没完。

除了典型的鸦叫，秃鼻乌鸦还有好多种其他叫法，有的尖尖细细的，有的短促而清脆，有的则像狗吠一样又短又响，有的又像怪异的军号声。它们平淡的外表和不讨喜的面相——满脸似乎就一个枯骨似的嘴——总是扰乱人们的注意力，让人忘了它们在用怎样奇妙的交流系统组织着自己复杂的生活。克莱顿教授向我展示了她鸟舍里的一对对秃鼻乌鸦是多么忠于彼此，我发现自此以后自己对野生鸦群的观察更细致、更留心了。观察秃鼻乌鸦的时候，只要盯住一只，不管是雄鸦还是雌鸦，你都能证实，它的一举一动无不与身边的伴侣彼此照应。秃鼻鸦群爱意浓浓的喧闹，是相守一生的伴侣们在"鸦鸦"地吵着、尖厉地叫着、军号般地鸣示着。

寒鸦

第三种黑色乌鸦是寒鸦。它不像一般乌鸦那样"crow, crow"地叫，而是发出"jack"的音。作为一种聪明的群居鸟，寒鸦的叫声当然也有一系列微妙的变化，但最响亮清晰的还是那声别致的"jack"。你能听到一只或一对寒鸦在叫，也能听到稀稀拉拉十来只寒鸦一起叫，当然有时也会听到声势浩大的寒鸦群鸣。英国低地地区最浩大的声音之一就属于大群混在一起的各种鸦类，一般多是秃鼻乌鸦和寒鸦，经常也会附带几只小嘴乌鸦。你会听到，秃鼻乌鸦在自己柔和的叫声中加入军号音做点缀，一遍遍重复着，回荡在不时迸出"jack"的背景音中。

显而易见的事实

鸟鸣能算是语言吗？所有动物都能用各自不同的方式进行交流，但有哪一种真正称得上是语言吗？对这些问题的回答也许并不能加深我们对动物的了解，却能反映出我们作为人类的立场。一方面，有些人热切地——也许是过于热切地——强调人类与其他生命形式之间存在着延续性；另一方面，也有人急迫地想要证明人类与其他一切生命形式的截然不同。

关于语言是什么有多种复杂的哲学定义。有些人认为，人类语言最重要的特点之一是我们可以用它来有效地谈论不在眼前的事物。但是工蜂在向同伴示意哪里有丰富的蜜源时，所跳的八字摇摆舞能达到同样的目的，所以想用这种方法将人类和其他动物区别开来是没戏了。

关于语言的特征，还有其他一些说法。一种观点认为语言就是给实际意义赋予一个任意的发音，好比"鸟"这个字听上去与鸟本身并没有什么必然的联系。另一种说法是语言形成于口口相传，也就是说，语言是一种文化产物。有人坚持认为，动物无法实现任何形式的文化传播。还有人说，关键是，语言可以被用来探讨语言本身，正如我正在做的。

但在我看来，与其说这些定义是论据，不如说是反例。如果有人以此证明人类之外的生物中确实存在某种"文化"（其实已屡经验证，只是人们对此总是有所质疑），那么反证者们就会重新定义文化，并宣称新定义说明人类与任何其他生命之间都始终存在着不可逾越的鸿沟。人们对"唯独人类才有语言"的执念似乎已经扭曲了语言的定义，使它得以专属人类。换句话说，只有人类能做到的才算语言——这实在算不上什么吸引人的思路。这种倾向让我想起以前人们评测智力的办法。在二十世纪早期，许多颇富创造性的科学成就都无可辩驳地证明白人天生就比黑人聪明，而诸如此类的说法随后不劳"政治正确"来纠正，就被科学本身推翻了。

在我看来，关于语言的哲学探讨会引起任何一个语言使用者的兴趣，但最终却不能帮助我们理解人类以外的动物。人类相互交流，其他动物们也会交流。难道鸦群中秃鼻乌鸦复杂的叽咕会神奇突变为语言，或者说一只海豚发出的"喀哒"声、震鸣声会瞬间"升华"？难道原人的咕哝是一下子变成人类语言的？这简直是无稽之谈。你还不如说一条小溪能魔幻般地变成一条河。毋庸置疑一条河就是一条河，一条溪也就是一条溪，但这两者没有什么时候是截然分开的。

巴兹尔·弗尔蒂[1]曾说他妻子西比尔要是上《智多星》节目，答题领域只能选"显而易见的事实"。我们这里就有两点属于"显而易见的事实"：第一，人类与其他动物在很多方面都存在差异；第二，人类就是所谓的其他动物，与野生世界之间存在着一种延续性。鉴于我们与黑猩猩及倭黑猩猩的密切联系，一些分类学专家认为，要搞清灵长目动物的本质属性以及人类在自然秩序中的位置，我们要么把人类归入黑猩猩一类，要么把黑猩猩算在人科。

人类的历史就是一个逃离野生世界的过程。我们不遗余力地向自己证明着我们跟其他动物没有半点儿关系。这也是整个人类文明建立的前提。因此，想到自己与海豚、猿类，甚至鸟类和蜜蜂处于一个统一体中，我们总会感到深深地不安。高度发达的语言无疑是人类与其他动物的本质区别之一，但归根结底，我们都是彼此交流沟通的动物，就像结巢、繁殖地的秃鼻乌鸦和沼泽地里的红脚鹬一样。

当你越来越仔细地观察自然世界，你就会越来越发现几乎没有什么界限是牢不可破的。你和你的金鱼、公园里的橡树都由同样的先祖进化而来。正如鸟类一样，你也进行交流。当你成为一个听鸟者，你会发现自己在开始理解的同时，也越来越认可这种亲缘关系。

---

[1] 英剧《弗尔蒂旅馆》的主角。

再来两种鸦

我们最好赶紧解决另外两种鸦科鸟，它们的声音一年四季都能听到。

喜鹊

首先来说说喜鹊：它们断断续续的"咯咯"声并不讨喜。中国人觉得喜鹊的叫声就像有人在摇晃一袋钱币。杰拉尔德·达雷尔在《追逐阳光之岛》中说他的宠物喜鹊——洗劫哥俩儿——以前总是模仿人喂食的声音来戏弄隔壁家的鸡，之后又"咯咯轻笑，仿佛一对城市骗子，又成功要骗了一群老实笨拙的乡巴佬"。喜鹊因为偷窃和各种"滔天大罪"而臭名昭著。它们外表鲜亮却招人反感。但等你习惯了聆听，就会知道关于喜鹊的传闻并不属实。有传言说，如果你周围有喜鹊，就不可能听到其他鸟叫声，因为喜鹊会把所有鸣禽的雏鸟都吃掉。但当你学会聆听，即便看到身边有喜鹊，听到了它们的"咯咯"声，也还是能听到许多其他鸟的叫声。只要你用耳朵听一听，鸣禽灭绝于喜鹊嘴下的怪传闻就不攻自破了。

我们最常听到的喜鹊叫声是刺耳又有木质感的"咯咯"声，熟悉之后就会觉得很独特很好辨认。哪怕你还没有下意识地把这个声音与喜鹊联系起来，再听到时也立马就会明白了。它们还有一些更为微妙的"咔嗒"声和尖叫声，但最具标志性的还数这"咯咯"声。

松鸦

松鸦也属于鸦科。光看它粉色与宝蓝色的羽毛，你会觉得难以置信，但看一眼它的喙和那双洞晓一切的眼睛，就明白它确实是鸦科的鸟。剑桥的尼基·克莱顿教授发现，她鸟舍里的松鸦是随机应变的天才。如果你在一瓶水的水面上放一条肥美多汁的虫子，而松鸦的嘴伸不进窄窄的瓶口，它就会往瓶里扔石头好让虫子跟着水面浮上来。你要是给它们些没法沉到水底的假石头，它们会视而不见径直走到颜色一模一样的真石头跟前。

不得不说，它们最主要的叫声却一点儿没有这样的灵气。

松鸦喜欢尖叫。要是你走进一片树林，听到有生以来最邪门的叫嚷，那准是松鸦了。它们总是在人还离得很远的时候就放声尖叫，还叫得特别刺耳。有人觉得这声音就像在猛扯一块揪紧的布料。

　　跟喜鹊一样，松鸦也有其他更为微妙的叫声，但尖叫才是让它们脱颖而出的声音。听到这叫声不妨停下来，说不定你就能看到被称作"英国极乐鸟"的松鸦那锯齿形的翅膀和斑斓炫目的羽色。松鸦爱吃橡子，在大部分有橡树的地方都能找到它们。它们会用震耳欲聋的叫声告诉你，它们就在你身旁。

世界杯与听鸟

世界上的物种太多了，要一一认识并非易事。这就好比世界杯决赛。以前，比如在英格兰赢得这该死的比赛的一九六六年，入围的只有十六支球队，你不难看到大部分球队和球员，去了解他们如何配合、优劣势在哪里，以及获得冠军的几率有多少。如此一来，你多少能了解到一些基本情况，对整个比赛的动向有个整体的把握。但到了现在，入围的球队变成三十二支，比赛初期每天就有三场，根本没人能一场不落地看下来。于是就产生了一个悖论：世界杯的参赛国越多，我们反而越不能领略到这场比赛的盛大和多元。结果就是，我们干脆把事情简化到好理解的程度。对英国的大多数观众来说，就只剩下国家队和外国队、自己人与别人的区别。他们关心的问题也只剩下一个：英格兰队会赢吗？除了部分狂热的球迷，举国上下都愿意甚至希望让讨论就此打住。要么英格兰赢，要么外国赢，巴拉圭和大韩民国谁输谁赢关我们什么事。世界杯于是变成了双方的较量。

地球上令人叹为观止的生物多样性也产生了同样的效果。由于生命的种类实在太多了，我们便倾向于将生命划分为两类：我们与他们，人类和动物。这样一来事情就简单多了。正如我们所知，世界上约有一万种鸟，几乎每一种的叫声都不一样。我说"约"有一万种是因为没有人知道确切的数字。这个数字一直在变化。科学家们总在纠结于两个略有不同的种群到底属于同一物种还是分属两个独立物种之类的问题。当最终确认苏格兰交嘴雀与交嘴雀不是同一物种时，许多保持着个人观鸟种类纪录的爱好者（也称"来福儿"）大为欢喜，因为他们足不出户就添了一种新鸟，用他们的内行话说，这叫"坐在椅中就能在观鸟名录上画钩"。

更有意思的问题是，为什么会有这么多种鸟。生命的奥秘不在于我们为什么存在，而在于为什么会有这么多鲜活的个体，这么丰富的种类。

要想探寻世界多样性的真相并非易事，这跟你想读懂斯蒂芬·霍金的难度相当。回到非吾即彼的二元划分会让事情简单得多，但当你听鸟的体验越丰富，就越会发觉自己难以满足于给世界套上这样一个简单的二元对立模式。我们的本能一方面驱使我们陶醉在自身独特的优越感中，一方面又让我们产生一种截然相反的渴望，渴望自己在生命统一体中找到归属感，渴望在这种联系中寻得慰藉和意义。没错，这是矛盾的，但这种矛盾恰是人性的体现。

淡水鸟类

如果你来到一片不错的淡水区，会发现在这里听到的鸟类与你在树林里或海边听到的都不太一样。有些鸟在海边和内陆水域都可以找到——最典型的是红嘴鸥——但二者的声音环境还是不一样的。

绿头鸭

你肯定听过"嘎嘎嘎"的叫声。这是鸭子的叫声，准确地说，是英国最常见的绿头鸭的叫声。再准确一点，应该说是母绿头鸭的叫声，因为公绿头鸭的叫声要低沉一些，音质也不大一样。母绿头鸭常常发出一连串的"嘎嘎"声，音量越来越小直至消失，听起来有点像狂笑。

黑水鸡

你常能听见黑水鸡的叫声从池塘边或湖边的水草丛后传来，这是种女低音般又尖又短促的叫声，还带着颤响。黑水鸡并不是特别警觉，不过它们大部分时间都在遮蔽物后面觅食；它们很能攀爬，但爬得很笨拙。有时它们在淡水域周边溜达，虽在视线以外，你也能听见它们的叫声。要是在黄昏或是黑夜来到这些地方你也常能听到黑水鸡的叫声。尽管会有些微妙的差异，这叫声总有种它们独特的味道。

白骨顶鸡

白骨顶鸡是黑水鸡的近亲，它们同属秧鸡科，但都不愿与彼此雷同。这一点不仅体现在喙和脸的颜色上——白骨顶鸡是白色，黑水鸡则是红色——也体现在它们的叫声上。白骨顶鸡的叫声不带颤响，清晰干脆，更可以叫出自己的名字"coot"。黑水鸡喜欢留在水域边沿和浅水域，白骨顶鸡则喜欢待在水域中心和深水区，并且是潜水高手。白骨顶鸡喜欢集体行动，但也很好斗，一边叫着"coot"一边你追我赶，哗啦啦地溅起一片水花。

淡水水域还有很多有意思的声音，待你渐入佳境后自己去发现吧。有些鸭子的叫声就很棒——爱鸟人都酷爱赤颈鸭的哨音——但我不想给你灌输过多科学知识。这些惊喜都有待你去慢慢发现。不过还有几种淡水鸟的声音会对你有所帮助。

鹭鸟

鹭鸟会大叫。当你听到一声粗粝的单音节嘶喊，抬头看看，就能发现一只鹭鸟正挥动着弓形的双翅在天空翱翔。受惊的时候鹭鸟也会这样大叫，这警示声听上去就像它们在撤退时扭头甩出的一句粗话。

小䴙䴘

我还想介绍一种声音，因为它常常让刚入门的听鸟者感到气馁。在搞定它的声音之前，我也灰心到家了。你绝对想不到这声音是谁发出的。大多是在春天，你会听到这声音从池塘、湖泊、河沟等水域边的植被丛中传来。略显紧张的颤音听起来像是悦耳的窃笑，从很远就能听到。正当你寻思着到底是哪种莺鸟躲着你发出了这悦耳纤细的鸣叫时，一只小䴙䴘游过去了。别再找什么莺鸟了，窃笑的正是它。

作数不作数？

"List，list，oh list！"这是鬼魂对哈姆雷特的命令。意思是"听着"，而不是要你写下今天见过的所有鸟。本书就是要叫你去听——不过我倒没打算"告诉你一点事，最轻微的一句话，都可以使你魂飞魄散，使你年轻的血液凝冻成冰，使你的双眼像脱了轨道的星球一样向前突出，使你的纠结的鬈发根根分开，像愤怒的豪猪身上的刺毛一样森然耸立"。

但就"list"这个词在观鸟活动中常取的含义来说，是否有必要"计录"[①]自己观察过多少种鸟呢？

首先，并不是非得计录不可。诚然，很多观鸟者都会记下自己看到的新鸟种并去追求这个数目，甚至有很多人认为这样才说明自己是认真的。但就爱鸟和观鸟本身来说，计录并不是最关键的。观鸟计录把你的一天、一趟旅行、一年，甚至一生

---

①有计数和记录两重含义。

简化为了一个数字。这数字可以呈现生物的多样性，显示观鸟者本人的专业程度，以及他的精力有多充沛、钱包有多丰实。对某些人来说，刷新计录很重要，甚至是必不可少的，但也有人对此完全无所谓。这取决于你想不想给你的观鸟体验加点相当于"塔巴斯科"辣酱的内容来让它变得更刺激，纯属个人喜好。我蘸"塔巴斯科"吃薯条，但我并不刻意追求计录。

"推车儿"一族爱的就是这种刺激，这本身是很美妙的体验。但有时候，他们会忘了观鸟不仅仅是为了猎奇。所有的"推车儿"都是鸟类观察者，但反过来未必成立。"推车儿"一族都是极坚定的计录者，他们不仅保持着计录的习惯，还经常不远千里去到一个地方，只为看一只被大风吹掉队的罕见的鸟儿。他们观鸟的乐趣很大程度上来自你追我赶的计录比拼。但还有很多观鸟者喜欢就近观鸟。还有更多人——包括我自己——观鸟的时候并不按什么严格的规矩来。有些"推车儿"觉得这说明我们不够投入，但我并不赞同这种说法。我不执迷于观察、做记录、列种类计数单，但我陶醉于鸟儿带给我的乐趣，我是对鸟本身着迷。我也会积极参与那些能够帮助它们继续生存、继续歌唱的保护运动。要是你高兴，做计录也无妨。但不计录并不代表你就不是一个合格的观鸟者，或者说你就不如别的观鸟者。观鸟的乐趣属于所有用心看、用心听的人。

观鸟者，尤其是"推车儿"一族，一直有个颇为伤脑筋的疑惑：要是仅仅听出了一种鸟，也作数吗？我对此的回答是：什么叫"仅仅"？"仅仅"看到并认出了一种新的鸟，就能作数了吗？

凭什么把视觉放在第一位呢？这又把我们带回到六年级公共休息室里常有的那种争论：你宁愿先变瞎呢，还是先变聋呢？有人说我们重视视觉是因为使用文字的关系。文字的发明，以及以书面传播和保存重要信息的形式，使得我们对视觉的重视要高于其他任何一种感官。我们常用"口传文化"来指代文字出现之前的社会，这个词同时也意味着听的文化。在这样的传统中，重要的内容都是通过声音传达的。也许在文字尚未出现之前，人们也曾把听觉看作（又一个跟视觉有关的词，但这正是我们语言的本质）是最重要的感官。我想这恰恰解释了听鸟带给我们的愉悦：它使我们摆脱被规训的自我，把我们带回听觉和视觉同等重要——如果不是比视觉更为重要的话——的时代。正如之前所说，听构成了生存的重要部分，因为它对于我们理解人类本身、理解动物们以及理解彼此所共享的自然环境至关重要。学着像用眼睛观察自然那样去聆听自然，我们会对自己所处的环境有更深刻的理解，也会重新建立与先祖时代的联系，并由此获得一种完满的享受。

　　关于"仅仅"听到了能不能作数这个问题，我的回答毫不含糊——"算"。杰里米·麦诺特在他的杰作《鸟类奇观》中写道："这个问题唯一有意思的地方在于居然会有人问这种问题。"要对一个地方进行鸟类踏查，你并不是等看到了一只鸟才把它标注在地图上。很多时候，你的耳朵已经告诉你遇到的是什么鸟。这是毫无疑问的。我自己就有过这样的经历，还记得在一次踏查一个农场时我记录下了五只欧斑鸠。它们无疑就是欧斑鸠，不可能是别的什么鸟。所以我就写了下来，以证明这里的农场主保护工作做得不错。

光靠耳朵听也会有一些问题。很多鸣叫听起来极其相似，这时候别乱猜，得靠常识来判断。大家都知道，庭园林莺和黑顶林莺的歌声（我们之后也会谈到）很容易混淆。在这种情况下，不太熟练的踏查者有时需要试着看到鸟再下判断。但不论对哪种鸟，只要听到了一阵清晰可辨的歌声或是一声不会错认的鸣叫，都足以表明你准确数到了一种鸟。我自己呢，很少会睁大眼睛去寻觅柳莺或夜莺的身影。它们其貌不扬，还常常躲在浓密的树丛后面，但它们绝妙华美的歌声已经向我展示了我想了解的一切。当芦苇荡里传来大麻鳽的雾号，我不会想要闯进苇丛去瞧一瞧，那只会惊得它拍翅而逃。它们的声音听起来如此美妙，特别是在薄雾开始消散的黎明，对我来说，这就够了。我知道它是只大麻鳽，我很高兴遇见它，我会告诉别人它是只大麻鳽，我会把它记录下来；要是我也做计录的话，我会添上这只大麻鳽。

所以说，没错，听鸟也是货真价实的观鸟。对我来说，听鸟带来的不是退而求其次而是最重要的乐趣。我不想劳神去区分不同的感官，所见和所闻都构成了美好野外体验的一部分；此外，还能去感受空气中湿润的水雾、背上温暖的阳光，嗅到泥土的芬芳，以及用味蕾去想象那即将上桌的早饭的滋味。

想要计录就去吧，但别忘了，除了那些你见过的鸟，也算上你听到的。跟用眼睛看一样，用耳朵听也是观鸟的好办法，而且往往会让你收获更多。

雁

离开淡水区前，我们最好再来听上一两种雁。常见的雁有两种，一年四季，你都能在湖或河边听到它们不算悦耳的叫声。离水域不远的田野周围也能发现它们的身影。雁主要以青草为食，而草里的营养并不多，所以它们必须得吃大量的草。结果是，它们总在吃草，消化完身后就会留下大量进食的"痕迹"——"loose as a goose"[1] 这个短语除了押韵之外还是有些根据的。它们的行为实在让那些使用河边运动场的人恼火。

灰雁

灰雁呈灰褐色，有着橘色的喙。绿头鸭是家鸭的祖先，而

---

[1]字面意思是放荡得像只雁，指醉得不省人事。

灰雁则是家鹅的祖先。在一群灰雁里，你常常可以发现几只家鹅或者雁与鹅交配出的杂种雁。雁是群居动物，声音是雁群的重要黏合剂。每当雁群起飞、着陆，或是有孤雁加入这样的重要时刻，它们单音节的叫声就会响彻天际。这声基本的鸣叫有着不少变化，此外，灰雁也会发出一些更轻更像交谈的声音，并且叫声中总带着些鼻音。你常能看得见灰雁，但如果你只看到它们背阳的剪影，或是它们躲藏在芦苇丛中，再或者在田野另一端的远处时，凭嗓音你就能断定，这不是其他的雁。

加拿大黑雁

另一种常见又值得你留心的雁是加拿大黑雁，一种不怎么受人待见的鸟。橄榄球队员对它们尤其不满，因为它们总爱吃运动场上的青草。很多人讨厌它们，是因为觉得它们是来自异乡并冠着外国名字的不速之客。当初它们被引进英国是为了取悦拥有大片庄园的贵族，但后来它们逃了出去，足迹就散布开来。加拿大黑雁的外形颇惹人注意，它的身影和声音都是我们熟悉的。

与灰雁不同，加拿大黑雁发出的叫声有两个音节。第一个音节近乎哼鸣，有点儿单簧管的味道。在地面上彼此轻声交谈时，它们用这种哼鸣就够了；但要完整地叫上一声，它们哼完木管乐组会转而敞开嗓子，发出一个音调更高的刺耳的音。对北美的观鸟者来说，这声音带回了黎明时分守候在湿地上的氛围和记忆，彼时彼地，一大群结实俊俏的鸟划过天际，成群成行踏上迁徙之途。但在英国人的眼里，它们只是一群闹哄哄的家伙，而且还是外来的。

我倒很赞赏加拿大黑雁适应异乡的能力。在英国，它们不必南北迁徙，但会跨国旅行，并且行进中总排成 V 字形，边飞边发出声声双音鸣叫，鼓励着彼此跟紧队伍，并轮流飞到队伍前担起领队的重任。

我很喜欢加拿大黑雁，因为有些时候，特别是在冬日里，当你正在火车上或在某个小镇上，听到那激越的双音节雁叫声，抬起头，你会看见一行雁群正从一个水库飞往另一个水库。冬日里白天本来短暂，如果你一直在室内埋头工作，那么这样的场景兴许会是你这一整天里所见到听到的最振奋的事了。

安静的时节

进入盛夏，观鸟者的注意力也开始转移，近来，他们倾向于研究蝴蝶，水平更高一些的也开始研究蜻蜓。这种广泛涉猎是观鸟者们的一种新尝试，因为在盛夏一切都是静悄悄的。此话不假，最暖和的几个月里，鸟儿们都不怎么发声。

这是有原因的。繁育后代的领地定下来了，伴侣找到了，卵也产了，幼鸟已破壳而出。随着繁殖季慢慢过去，再吵吵闹闹只会适得其反。至于那些要孵育第二窝幼鸟的亲鸟，例行的领地宣示也潦草多了。毕竟，最艰难的工作已经完成：只要周围的对手知晓你的存在，目的就达到了。

在接下来的长夏里，许多鸣禽在完成它们的繁殖任务后，进入了换羽期。在此期间，它们会换掉全身的羽毛。这个过程不是一蹴而就的———只赤身裸体、飞不起来的鸟是活不长久的———而往往会花上几周时间。对蓝山雀这样以昆虫为食的小只鸟来说，换羽可能会花上六周，比以种子为食的雀科要多上几周。这是因为以昆虫为食的鸟类需要从食物中获取角蛋白，它最终会变成羽毛（也就相当于你的头发和指甲）。处于换羽期的鸟都十分虚弱，对它们来说安分一些才是明智的。它们会静静地等待下一季盛会，也就是秋天的到来。

在鸟儿息声的这段时间，不是说观鸟就没有意义了，只是要找到它们会难一些，而你的听力也要经受更严峻的考验。比起完整的歌曲，你会听到更多轻柔、细微的鸣叫。那么，趁这机会赶紧享受吧，享受温暖宜人的天气，享受幽幽夏日的迷人魅力——当然，这也是你开拓眼界的好时候。蝴蝶和蜻蜓各有千秋，我喜欢寻觅它们、观察它们。当然每种形式的生命都是丰富而富于启迪的——但它们已经超出了我的能力范围。毕竟，它们唱得不多。

猛禽

随着夏日流逝，季节变迁，声音的图景也起了变化。比起鸣禽，猛禽哺育一窝幼鸟所花的时间要更长一些，它们也只会繁育这一窝小鸟。在繁殖季接近尾声时，有时你会遇上几只猛禽的幼鸟，这种体验真是让人为之一振。

红隼

小红隼羽翼丰满之后就开始学习飞行，但找吃的还是得靠父母。它们会像小流氓一样在窝边捣乱。我父亲觉得它们就像《西区故事》里的小流氓，总是唱着"当你是红隼，就是红隼"①。它们你追我赶疯闹个没完，一边玩耍一边学着使用翅膀和做出

①这句词改编自电影中白人流氓团伙"火箭帮"所唱的"团歌"*Jet Song*。

164

判断——这些都是它们成年后的必备技能。但实在是聒噪透了。

我不得不再次打破"Pee-oo"不注音原则来描述它们的声音：几乎所有人都同意它们的叫声是"kikiki"或者"ki-ki-ki"。这叫声倒不一定是三连音，而是一连串疾声尖叫——也许你觉得这样凶猛的鸟儿应该发出低沉的嘶吼，但其实猛禽更倾向于发出奔放的高音鸣叫。成年鸟要沉默得多，不过在交配季所有猛禽都会发出兴奋的尖声鸣叫。红隼的声音常被听作是一种对年轻生命的庆颂，它宣告着每只鸟的繁衍都从进行中切换到了完成状态。它们为"kikiki"狂叫大合唱搭配的空中表演也算得上英国观鸟体验中的一大胜景了。

雀鹰

在一年中的这个时节，你要是去林子里走走，也许能听到类似于一只猫被困在树上时发出的叫声。停下来，仔细听，现在你会觉得更像是有三只或四只猫，都被困在临近的几棵树上。观察的时候不要靠得太近，不然会惊扰到它们。其实这是小雀鹰在嚷着肚子饿。长到现在，它们已经可以闹哄哄地大叫了，也能在树林里小范围活动，但还得要父母给它们喂食。

这声音并不是每天都能听到，甚至也不见得每年都能听到，真要能遇上那就太好了，所以我觉得应该给你提个醒——尤其如果你还不认识这种声音时，要辨认它着实是个难题。同样，听到这朝气蓬勃的声音，你就知道季节已经在慢慢更替。

普通鵟

　　说到凶猛的大型鸟，就不得不提到普通鵟了，它是猛禽中最聒噪的鸟。来自英国西南部的读者——要是他们对鸟类有一丁点儿兴趣的话——都不会对普通鵟的声音感到陌生。实际上，就跟你不会弄错鸭子的"嘎嘎"声和布谷鸟的"布谷"叫一样，西南部很多人都对普通鵟的叫声习以为常。

　　普通鵟逐渐从它们的西部大本营往外扩散。现在，英国小镇之外的大部分地方都可以听到它们的叫声。不过它们的身影和叫声还是在西部最为常见。普通鵟最基本的叫声听起来像狂野的猫叫，但比猫要疯狂和恐怖得多。声音从天空传来，也有一点泄露了它们的真实身份。普通鵟是升空和滑翔的能手，飞行中常常叫个不停。要是你听到晴空万里中传来一声发狂似的猫叫，那就是普通鵟了。随着繁殖季接近尾声，你也会听到它们的幼鸟叫嚷肚子饿的声音，与鸥鸟的叫声有几分相似，而且可以传得很远。

寂静

在你开始听鸟后，还有一种声音会让你受益匪浅。

寂静

我们生活的世界充满喧嚣。我曾在香港住过，那是世界上最喧嚣的城市之一。刚到的几周里，我住在市中心。当我出城来到乡下，来到远离市中心的小岛，来到当时没有交通噪音的新界时，我因为对声音环境的改变感受太强烈而觉得头晕脑涨。我们身体的平衡器位于内耳，所以我猜这种激变使得耳朵收到了一些混乱的信息，以至好像失去了方向感。在有过几次同样的经历之后，我干脆搬到了偏僻的小岛上。

不管我们身处何方，周围总是充满喧嚣，而我们也学会了对它充耳不闻。在酒吧，我们会习惯性地忽略背景音乐，直到喜欢的音乐响起。交通噪音无处不在，公共场所的广播音乐如影相随，连宁静的周日午后也充斥着割草机、草坪修剪机和隔壁邻居家电视的声音。我们太习惯于用人为的喧嚣来排解寂静带来的孤独感，以至几乎没注意到这样一个事实：我们其实是住在一个声音保护层里，在这样一个声音盈耳的环境里总有某种噪音在提醒我们——我们是人类，我们不会受到野生世界的侵扰。我去伦敦的时候，看到身边经过的一个个慢跑者、骑行者，都是一边喘着粗气一边沉浸在 iPod 中。

我并不想在这儿向你数落人类文明的愚蠢和罪恶。不是这样的，这本书只是想邀你放下一些对噪音的需求。当你养成听鸟的习惯，就会慢慢开始留意别的声音：蜜蜂和昆虫的嗡嗡声；蟋蟀和蚂蚱的鸣响；风拂过叶子或苇地上的种穗发出的声音；海浪卷起，小石子被挪动位置的声音。这些你都听得到，因为你是在仔细聆听。

我喜欢观察鸟儿，会随身带个笔记本，偶尔也记点东西。我还会带一副质量较好的望远镜；有时也会带两副，一副用于微距观察无脊椎动物。（要是这听起来太过郑重其事，你得明白我只是在对着蝴蝶的特写镜头连连发出"喔——"的惊叹，偶尔也能认出它是哪一种。）刚养成听鸟的习惯时，我会想添置装备。我想录下鸟儿的鸣唱。可买的新奇装备非常多，一开始确实很新鲜。我心里清楚，如果要录下鸟鸣的话，我会听得更多，在户外待得更久。

我的老朋友鲍勃是个鸟鸣录音专家，一生致力于给赞比亚的鸟儿录音。他靠一台盘式磁带录音机、一支全向麦克风以及一块自制的抛物面镜子完成了很多开拓性的工作。我跟他去录过几次音，大部分在非洲，但在五月一个极为美妙的黎明，我们蹲在萨福克郡的芦苇丛和灌木林之间，录下了大麻鳽和夜莺长达一个小时的二重唱。

　　但最终我还是决定放弃录音，因为我想保留那份寂静。为鸟儿录音的人总想追求一种纯粹。我们为本书选出的配套录音的标准也在于背景中没有杂音。但追求纯粹的结果是你可能忽略了听鸟，把时间花在听过往的飞机、远处的车子、狂吠的狗、隆隆作响的电动机以及热情的老乡向你致以传统的乡间问候上。

　　没有什么寂静是纯粹的。你可能会在洞穴深处感受到真正的寂静——当你不说话时，那空洞的寂静着实让人战栗。但只要远离城市，有时甚至只是远离交通的杂音，你就能离寂静更近一步。永远不会有绝对的寂静，但你可以努力去接近它。坐在乐音嘈杂的酒吧里或走过热闹的街道之类的经历足以表明，你的大脑就可以帮你过滤掉不想听的声音，只要你不是在给鸟儿录音。这也就意味着，当你作为一个听鸟者走出家门去到野外世界时——特别是在你没有带录音设备，因而不必对所有细微声音都特别敏感时——你可以接近一种意识上全神贯注的寂静。

　　可以说，听鸟者从野外获得的收获比其他户外旅行者都要多：他们不仅可以欣赏周围自然的声音，如溪流的潺潺声、小径上的足音、拨开经过的灌丛的声音等等，主观上也更能积极地享受没有人为噪音的寂静。你很快就会发现，这种体验远比噪音消失要丰富和强烈得多。这样一种相对的寂静有着积极的意义，它凸显的不是人迹的退场，而是野生生命的呈现。

如果你以本书为参考开始听鸟，那么它能带给你的最好礼物或许就是文字的寂静了。

猫头鹰

　　繁殖季结束，幼鸟们都离巢开始自寻生路，猫头鹰的生活轨迹也被扰乱。因此，这是它们最聒噪的时候。很多种猫头鹰都喜欢长期驻守在一个地方：一旦它们在自己的领地安顿下来，就不只是一整年，而是一辈子都留在那儿了。这对有抱负的年轻鸟儿来说并不是好事，于是它们离巢去寻找自己的领地，并且通过发出声音来试探——要是那块地方已经有了别的猫头鹰，新来者的叫声就会引来一阵怒气冲冲的回应。

　　有时候，外来者和原主人的争吵也会扯进其他家族的猫头鹰：它们听到争吵声热血沸腾，也拔高声音应和起来。在家时，我曾听到过灰林鸮、仓鸮、小鸮这三种猫头鹰一起"聊"生活琐事，参与者有十几只。

　　很多种猫头鹰都会全年占据一片地方，所以一年到头总叫个不停，但它们最聒噪的时候还数夏秋之交。本书开头介绍的几种猫头鹰里就有一种你已经熟悉的灰林鸮，那我们就从灰林鸮说起吧。

灰林鸮

灰林鸮并不是"tu-wit tu-woo"连着叫的，而是要么叫着"tu-wit"，要么叫着"tu-woo"。通常听到的是"tu-woo"——电影里每当出现墓地就会响起这种声音。这声音并不是严格地由两个音节组成：常常是先叫出一个音节，再补上一个听上去好像不大确定的音节，而且还会哆嗦那么六七下。灰林鸮是最喜欢夜间活动的鸟儿。其他猫头鹰都喜欢黎明和黄昏，短耳鸮更是常常在白天出动。唯有灰林鸮喜欢深沉的黑夜，它们总爱在一片漆黑中大声叫嚣，因而蒙上了不祥的寓意。它们喜欢以成年树为歌台：茂密的树林是它们的最爱，一些有成年树的矮树林和灌木丛也还不赖，平时来回觅食的时候，它们就从一棵树飞到另一棵。它们也用叫声来守卫自己的领地。

"tu-wit"则是它们交流的信号：黑夜里，共享领地的雄鸟和雌鸟就用这个声音来联络彼此。一般都认为雌鸟的叫声是"tu-wit"，雄鸟是"tu-woo"，但其实无论雌雄都会发出这两种声音，也会在此基础上给出一些微妙的变调。

仓鸮

我会简要介绍一下另外两种会叫的猫头鹰，这样的话，要是你在黄昏去乡间散步的时候认出它们，也能给你的生活平添一重意趣。仓鸮常在这些过渡的时段发声。你会在开阔的野地听到它们的叫声：它们喜欢出没在野草地和田野边缘，像大白蛾那样沿着树篱飞动。仓鸮令人不安的嘶嘶尖叫声，算得上是英国最让人毛骨悚然的鸟鸣之一了，因为它听起来根本不像鸟的叫声，倒像是某种臆想中的邪恶生物在用可怕的声音迎接黑夜的到来。仓鸮有很多俗名，比如尖叫猫头鹰、嘶嘶猫头鹰、咆哮者。对听鸟者来说，仓鸮及其叫声的恐怖意味多少会在聆听中消散一些，你不会觉得恐惧不安，而会感到由衷地欣喜，你会庆幸这样声貌俱佳的鸟居然就在你的身边，与你共享同一片乡野。对鸟儿的了解让你的恐惧变成了喜悦。

小鸮

小鸮很爱热闹。像加拿大黑雁一样，它们也是引进的鸟儿，但同为外来鸟，它们却人见人爱，从来没有收到人们对入侵鸟种的"恐吓信"。像仓鸮一样，小鸮也最爱在黄昏时喧闹，但它们又随时都可能发出叫声——不管是深夜，还是中午。它们最有特色的声音介于深沉的哨音和尖叫声之间，尖叫声有不同的强度和频率，用以联络和示警，有点儿像一只易怒的小狗的叫声。雄性小鹀用来宣示领地的叫声比警示音要沉着温和一些，省了小狗一样尖叫的那一段儿，只留下深沉的哨音。

冬天的鸫鸟

夏天的换羽期结束了。夏候鸟完成了繁殖又开始启程飞往南方。立秋之后，紧接着冬天来临，你就进入听鸟的第二个冬天了。你会知道红胸鸲刚刚换了新羽正在确立冬天喂食的领地，因为你认得它们的歌声。即使这歌声意味着冬天已经近在眼前，你也会听得满心欢喜——不仅为它的歌者，也为自己能够认出它们来。坚定如你的听鸟者，已经成为了季节更替的参与者。

天气好的时候，你能听到一只鹪鹩或者林岩鹨。有时听到头顶传来急促的叫声，你就知道这是银喉长尾山雀在"开大会"了。大斑啄木鸟尖锐的叫声则引你抬头望向它们在树与树之间起伏飞行的身影。

也正因为听鸟的习惯，你开始注意到其他的叫声。这些叫声是你以前从未听到过的，不管是在你学习听鸟的第一个热闹的春天，还是在接下来那个稍显安静的夏天。有时候，还可能会是来我们这儿过冬的候鸟，因而对你来说是完全陌生的。它们为了躲避斯堪的纳维亚的寒冬来到这儿，正如柳莺为了躲避我们的寒冬飞去撒哈拉一样。

田鸫

在英国与我们一起过冬的鸫鸟有两种。有时候你会看到它们单独或成对出现，但更多时候它们是成群结队的。田鸫长相俊俏，当它们飞离我们时会露出黑尾巴，最好辨认。但通常情况下，当你听到"嘎嘎"叫时就已认出它们来了。它们喜欢相互交流，大部分时间都在不停叫着。叫声常是三连音，有时会单个儿发出来，有时也会一股脑儿倒出来，以表达它们的激动之情。田鸫的叫声很像鸭子，你可以这么来记，而且还绝不会把它跟鸭子混淆。当田鸫从天空中飞过，停息在树上，或是落在空地上时，你都可以听到它们的声音。

白眉歌鸫

冬天还有一种白眉歌鸫。十月里，你会听到一声又尖又细、有时带点颤音的叫声从头顶传来。这是白眉歌鸫来了，紧随其后的便是漫漫长冬。它们会一直待到春天唤它们回北方为止。当白眉歌鸫踏上归程的时候，你也可以开始着手为听鸟的第二个春天做准备了。

Da da da da dum

第二个春天

听鸟与游威尼斯

又到了听鸟的时候。春意渐浓，你听到一声响亮的双音鸣叫，但是不是感觉跟上一个春天不一样了？首先，一听到声音你就知道那是只大山雀；其次，你是留心去听的。你听明白了，而不只是听到一团唧唧喳喳的背景音；你听出是一只大山雀，而不是什么含含糊糊的鸟叫声。你终于能用耳朵来感知自然界了。你听出鸟儿歌声中的含义，是因为自己能够辨别它们各自的声音了；你前所未有地留意春天的物象，是因为自己能从鸟儿们的大合唱中听出一些声部了。在这听鸟的第二个春天，你会明白，听鸟不仅让你成为了更好的鸟类观察者，也使得你生活中的其他层面变得丰富起来。

我还记得自己听鸟的第二个春天。作为一个成熟的或至少比较合格的听鸟者，这会儿经历的正是美事成双的阶段：一方面已经熟悉了前一年听过、记下的鸟；另一方面又有了一定的辨别能力，可以把自己不认识的鸟区分出来，这种未知的可能性更令人兴奋。

说得更直白一点，当你听到一首歌却认不出来，倒是有新的意义和好处：也许你又听出了一种鸟；也许这说明你的耳朵已经能够区分熟悉和陌生的声音了。这多好啊。更棒的是，逐步去认识生物的多样性也给人一种乐趣，了解了这种不熟悉的小鸟后，你就又添了一位熟悉的朋友。

你还会发现一个神奇的现象：对你来说，春天仿佛来得更早了。当鸟类中勇敢的先锋部队在新年的头几个星期就不畏严寒地拔高声调时，你就开始留意了。现在，熟悉了鸲鹟、林岩鹨和大山雀的你会感到春天来得更快了：渐渐地，你的身份也从旁观者变成了这场春天大戏的参与者。

这么一来，你听到的就更多了。上个春天里学到的声音为你搭起了基本的框架，让你能放开胆子，以更深刻、更有意义的方式去聆听：聆听和享受歌声本身，而不仅仅是为了认出一种鸟。

欧歌鸫这时插进一曲，还是它拿手的重复和即兴创作，以及通过两遍、三遍甚至更多遍反复咏唱来表达"无忧无虑的欢腾"。但听到这里，你会发现自己更懂得欣赏了：也可能是有了更深的体会。你会赞赏欧歌鸫的多才多艺，而且无须探索这背后的科学道理，就能直观地感受到一只欧歌鸫所能达到的水准了。

现在我打算带你去体验听鸟的第二个春天。有时候，当你头一次去到某个地方，觉得一切都很美好新鲜，但同时又有点无所适从。你会对威尼斯这样的地方一见钟情：无比壮丽的大运河，扑面而来的艺术气息，广场上的热闹熙攘，凶险暗藏的偏僻小巷。你简直看不过来了，整个体验让你热血沸腾，但你又很难梳理自己的所见所感，很难记住看过些什么、去了哪些地方。

第二次再去就不一样了，就个人成长经历而言，这恐怕会是你一生中最美好的威尼斯之旅：你还保有新鲜感和好奇心，但已对这个城市建立了一种主人般的亲切感。你不由自主地回味着：这是我们上次喝东西的地方，再去一次吧；再去看看那间有很多漂亮的卡尔帕乔画作的小教堂吧；再沿扎泰雷大道美美地散一次步吧。这一趟也不乏发现的快乐：上次就觉得很棒了，但没想到竟然这么棒。故地重游让你有了更多新的发现，并让你下意识地觉得这个地方的丰富性是永远探索不尽的，简直有无限种可能。

听鸟者的第二个春天与第二趟威尼斯之旅有些相像，一方面你对新鲜事物仍然保持着好奇，另一方面亲切感也在逐渐加深，二者可以完美结合。游览威尼斯也好，探索鸟儿的国度也好，第三次、第四次也会有所收获，但这种混杂着新奇与亲切的双重体验还是在第二次时最强烈。好好珍惜你听鸟的第二个春天吧，遇见旧识新知都值得高兴。等这个无比美妙的春天过去，你就会成为忠实的、不再"变心"的听鸟者了。留心听吧。

槲鸫

要说我在第二个春天里听到的最好的歌声，大概要属最先听到的槲鸫了。我还记得当时的情形，那歌声穿过萨福克郡的田野，从一棵橡树稀稀疏疏的顶枝上倾泻而下。我马上想到了乌鸫，然后又犹豫了，这种犹疑对于正经历第二个春天的听鸟者来说再正常不过了。不，才不是什么乌鸫，再仔细听听。

我又听了听，觉得要说是乌鸫仿佛节奏太快了些、乐句太短了些，整体听上去也不大像。这首歌的质感完全不同，既不懒散也不轻松，一点也没有所谓的"慵懒的快乐"。相反，这个歌声比乌鸫的狂放多了，听上去甚至有几分雄心勃勃、骄纵无畏的味道。也可能是因为它到得早吧：槲鸫——槲寄生的"槲"和鸫鸟的"鸫"——是最早放声歌唱的鸟之一。人们常把它的歌声描述为"尖利如风笛"，但风笛最突出的特点在于它的连续发音，要是你不指望槲鸫的歌声也如此，这个比喻还说得过去。

槲鸫的乐句简短而动听，且唱的时候声情并茂，这呼喊不仅是在喝退它的竞争对手，也是在告诉冬天"你该滚蛋了"。它们偏好迎难而"唱"，因而获得了"风暴战士"的绰号：当最阴郁的春日里突然投下一束阳光，槲鸫就可能拔高音调唱起来。有时候，甚至还没到新的一年，它们就自作主张地唱起来了。它们的歌声出现在圣诞节之前已不算稀奇，有人甚至在十一月里听到过。

槲鸫是那种等着大坝决堤的鸟儿，阳刚气十足，只盼着有个由头可以尽情唱出自己的满腹歌曲。那些最早开唱的鸟儿给听鸟者带来一种特别的愉悦，让人既钦佩它们的勇气又感念它们对美好前景始终抱有的坚定信念。而在这些鸟中，槲鸫唱得最大声、最奔放，也最欢乐。

槲鸫很享受嘈杂的环境，它的警示音响亮而清晰，常被比作从前在足球赛中助威用的响板声，但这个比喻有些过时了，不如说这干涩响亮的声音短促而尖利，感情饱满而急迫，也很有几分力度。在其他鸟面前捍卫自己的食物来源时，它们会发出这个声音，听上去也许有些潦草；但当它们用这个声音来捍卫家园时就大不相同了，听上去绝对是一出好戏。槲鸫是种体格壮硕的鸟，总是无所畏惧，如果有喜鹊在它的窝边贼溜溜地转悠，窥伺着以窝里的小鸟或蛋作为一顿美餐，槲鸫会毫不犹豫地上前迎击。常常是两只槲鸫一起，一边俯冲过去一边对着它疯狂大叫，直到把它赶走。那场面会让你觉得自己要是有一只助威响板就好了，好为受侵害一方的勇士加油喝彩，也想趁着椋鸟乘胜追击、对节节败退的黑尾巴破口大骂的时候，对灰溜溜的喜鹊喊上几句粗话。

紫翅椋鸟

紫翅椋鸟不仅能像我们听过的所有鸟那样歌唱，也可以像好些其他的鸟。它是有意如此的：它会采集周围的各种声音，再进行一番加工，最后打造出专属自己的独特曲目。

有时候，我真觉得紫翅椋鸟是英国最让人叹为观止的鸟：它幻紫色的羽毛散发着柔和的光泽，在某种光线下看上去真是美极了；冬日里，上百万只紫翅椋鸟欢聚在空中摆出的集体造型也名不虚传。这种鸟儿还是模仿名家和娱乐达人，要说多才多艺，在英国恐怕没有谁比得上它了。

尽管爱模仿，紫翅椋鸟的歌声仍然保持着个性。它们一旦要开口唱了，就会精心构思、全力发挥。它们的歌声里带有很多专属的打哨声、呼吸声和咂嘴声，也会夹杂各式各样学来的声音：有时只是潦草的只言片语，有时则会模仿得更精巧完整一些。听听看一只紫翅椋鸟都对哪些鸟的曲目实行了"拿来主义"，这也是成为听鸟者的小乐趣之一。紫翅椋鸟歌唱着自己的栖息之所，把居住地的声音环境、气氛都糅杂在歌声中唱了出来。你可以说它是在进行艺术创作，也可以说它是为了充实自己的曲库，好吸引雌鸟、威慑雄鸟。无论是出于哪一个目的，还是两个都为，你都该好好享受它的演唱。

　　有趣的一点是紫翅椋鸟模仿的不是鸟本身的发声，而是它听到的声音。这一点似乎微妙难懂，但其实不然。它会学习远处传来的猫头鹰叫，但却不会让人听了觉得这里栖着一只唱歌的猫头鹰而不是紫翅椋鸟。要试着分辨紫翅椋鸟到底在模仿什么声音，记住这一点会很有帮助。

　　因为自己就是鸟类，紫翅椋鸟最擅长模仿鸟声。对它来说，鸟声比其他声音更有意义，你也可以说这是它"大鸟类主义"或是"鸟本位"的体现。不过，但凡它觉得什么别的声音很有意思，也随时会收录进来。男人挑逗女人的口哨声一直是紫翅椋鸟的保留节目，近些年来汽车警报声也很受它们追捧。过去人们常听到紫翅椋鸟模仿轻型电话机的声音。我有必要跟年轻读者解释一下：轻型电话机是一九六〇年代生产的一种现代电话机，用模仿鸟儿颤鸣的电子铃音取代了传统铃响。紫翅椋鸟喜欢这个声音，就学来了：这是一只鸟在模仿一台机器的声音，而机器本身模仿的又是鸟的鸣唱。在轻型电话机被淘汰之后的几年里，它的铃音倒是通过紫翅椋鸟的模仿留在了人们的记忆中，估计是它们听到同类的歌声以后学会的。但我有好些年没有听到过紫翅椋鸟模仿这个铃音了，我猜这声音大概绝迹了，这样一种勤于创造的鸟肯定用新的声音代替了它。如果有人问你哪种鸟能发出电话般的声音，你可以底气十足地告诉他"紫翅椋鸟"。

　　参与到人类家庭生活中来的紫翅椋鸟也会学着零零星星地说上几句话。普林尼曾经给养作宠物的紫翅椋鸟教过拉丁语和希腊语的短语。奇妙的是，似乎你越是着意要塞给它句短语，效果反而越差。或许这也没什么不对劲的：紫翅椋鸟乐意自己拿主意，它们觉得什么有趣或者什么有用就会学什么。无疑这是它们的艺术追求。研究紫翅椋鸟的美国科学家在报告中说，鸟儿们从不模仿它们最常听到的"不"和"来点生菜吧"，但其中有一只听到电视转播的篮球赛后学会了"防守，防守"的口号，另一只则常说"基础研究"，这倒是挺合人意的。

学习曲线

　　紫翅椋鸟不是生来就会模仿轻型电话机的，也不是生来就会发"基础研究"的音的，你不必做任何基础研究也能明白这一点。这是它在自己的生命历程中学到的。很显然，紫翅椋鸟会学习。

　　鸟类和人类的行为中似乎都有一部分是出于与生俱来的本能，还有一些则需要学习。对许多鸟来说，歌曲确实需要学习。在隔离状态下长大的鸟由于听不到其他鸟的鸣唱，它从开口就无法很好地歌唱。

　　说到这里，我们马上陷入了一团骇人的前沿科学乱麻之中。关于鸟儿歌曲里哪些是习得、哪些出自本能的各种激烈论证马上会把我们抛入"先天还是后天"的辩论中，并进一步向我们暗示，或许这种一分为二的概念本身就不成立：后天培养的目的在于释放先天的资质，先天与后天本来就不可分割。

比如，事实证明有些鸟在隔离状态下也能唱出一些曲目，只是它的曲库比起它生长在野外的同类小了三分之二。然而，如果一种鸟在野生状态下曲库比另一种大的话，它们各自处于隔离状态时仍然如此。似乎有些行为出自先天，还有些则更依赖于后天。

哪怕是在野生环境里长大的幼鸟也并非一亮嗓就能唱得很好。它们不是一长成就马上能撼天动地地献上一首完美的"本族歌曲"。它们也得练习。鸟类的发声器官鸣管有着复杂的构造，学会正确用它发声就已经是个不小的挑战。这也是为什么有时你会听到一只鸟唱得非常小声，差不多像是哼给自己听的。它可不是在混日子，它可认真了。如果是只幼鸟，它是在学唱；如果是个老手，它或许在练习、巩固，在做开嗓的准备。这叫做"亚鸣"，还有一种容易让人误解的叫法，跟"录音"是同一个词。这样的歌声不会表达出寻衅或挑战的意思。从"亚鸣"期到可以完整唱出一首曲子，雄鸟的睾丸激素会出现激增。

随着鸟儿逐渐长成，它的歌曲也会相应地定型。保有一定曲库的歌手会建立一个基本的声音素材库：当它再听到其他鸟的歌声，或满世界游荡的时候，就可以不断扩大库存了。雄鸟会习得雌鸟对歌声的偏好。爱模仿的鸟也能扩大模仿范围。有人听到乌鸫模仿牧羊人指示牧羊犬的口哨声并录了下来，之后把录音回放给牧羊犬听，它听从了指示。

世界范围内的模仿冠军大概非澳大利亚的斑大亭鸟莫属。

有人听到过一只斑大亭鸟发出多种其他鸟的声音，其中还混杂着狗吠声、牛挤过灌丛的声音、伐木工人钉木楔子的声音以及鸸鹋"越狱"时弹得铁丝网直晃的声音。

鸟儿也会学习，它们当然得会，这可关乎生死。

莫扎特的紫翅椋鸟

　　莫扎特听到一只紫翅椋鸟在唱他的《G 大调第十七号钢琴协奏曲》，他买下这只鸟，并在日常开支记录里写下了购买的经过。他还记下了这只鸟所唱的音乐。它的演唱的确非同寻常，因为在一七八四年五月二十七日那天，莫扎特这首协奏曲还没有发表。可能除了他自己和他的一名学生——曲子为她而作——之外，当时并没有其他人知道这个旋律。莫扎特爱在人前哼唱，以前也去过那家店铺，兴许是那只紫翅椋鸟听到了莫扎特的哼唱很喜欢，便把它收录到自己的曲库中了；也可能它是从他的学生那儿听来的。

　　莫扎特发现这只鸟不仅学会了自己的音乐片段，还对它进行了改编。音乐家、鸟曲爱好者大卫·罗森伯格写道："它唱到 G 调时升了半个音，这一改马上使得曲子听上去超前了几个世纪。"

三年后，这只紫翅椋鸟死了，莫扎特还为它举行了葬礼。葬礼上，来客都着丧服以示哀悼，莫扎特则念了自己的诗：

躺在这儿的是我所珍爱的

一个小傻瓜——

一只生命短暂的紫翅椋鸟

在它最好的年华……

这件事在历史上反响有点不大好。首先，莫扎特的父亲是在同一周里过世的。有人会说，从这件事就能看出莫扎特不成熟又爱犯蠢。但这种看法大概是一相情愿。也许莫扎特喜爱这只紫翅椋鸟并不全是感情用事。或许他把这只鸟当成自己欣赏的音乐家同行；或许他真心实意地爱它既浑然天成又不乏后天努力的品鉴力和创造力，而不是借此打趣或嘲讽；再或许他为紫翅椋鸟偏好不大规整却自由流畅的长乐句着迷，觉得这也不失为组织素材的一种可能。

罗森伯格说莫扎特的室内乐《一个音乐玩笑》也受到了这只紫翅椋鸟的启发："莫扎特听过一只紫翅椋鸟——这只鸟学会了他作的一支曲子——歌唱后，从它歌声中那不连贯、无关乎经典、更有别于人类的乐感中得到启发，写出了一个作品。"接着罗森伯格用乐谱引了"如歌的行板"那一乐章的装饰段落，认为这一段与紫翅椋鸟的歌毫无差别。音乐造诣极高的莫扎特轻松创作了这个作品，在创作过程中，紫翅椋鸟不仅仅是他的模仿对象——他不仅用笔记录下鸟儿所唱的音乐，鸟儿还决定了作品的结构。紫翅椋鸟也是这首曲子的作曲者之一，宣传的时候它该得到跟沃尔夫冈·阿玛多伊斯·莫扎特一样的待遇。

戴菊

只有听鸟者会听到戴菊。从它这儿就可见分晓：听到戴菊的歌声就相当于通过了某种水平测试。倒不是说聆听戴菊有多难，这种鸟分布广泛、非常常见，它的歌也唱得毫不含糊。但由于歌声本身的特性，不是听鸟者的话往往会自动屏蔽它。大家并不是有意忽略它，而是压根儿就没听见。要想聆听戴菊，你得稍稍调整一下心态，这一点很关键。你得养成留心聆听的习惯。你得是一名听鸟者。

把心态调整好了，你就能听到好些戴菊。它们身板儿小小的，总是高高地在树上忙活着，不喜欢鸟食台：并不是那种让你一览无余的鸟。正因如此，它们不像红胸鸲那样引人注意。听戴菊的歌声需要稍微费点神，因为它的音调实在很高，以至于年长的观鸟者渐渐地就完全听不到它们了。随着年龄的增长，人们首先会失去对高声频的听觉，因而慢慢老去的观鸟者最先失去的就是戴菊尖利又纤细的歌声。

早春时节，尤其天气还不错的时候，戴菊就唱起来了。一年到头，它们都会时不时来几段。驻足树下，最好是在针叶树下，伸长耳朵细细聆听它用尖锐的假高音婉转鸣唱，听它急急抛洒下一串音调又高又富有节奏的音符。这大抵正符合你对英国最小的鸟的歌声的期待。

戴菊的歌利落流畅，音乐只滑过短短几秒就以装饰乐句收尾。通常隔不久它会再献唱一曲。歌声似乎总是一样：就歌曲观而言，戴菊坚信模式化的重复好过新颖的创造，尽管我读到过一种观点说戴菊歌曲中的装饰性结尾总是各具特色。有时候实在兴奋，它会把一段歌曲演绎得更持久些，还会多多益善地点缀上一些独特的装饰乐句。

戴菊很爱唱。春天里，它们从容地跟邻近的竞争者进行着歌曲决斗，与其说这些鸟在进行持久战，不如说它们是在寻求安全之道：每只鸟都安稳地待在自己与对手毗邻的领地上。它们的呼叫声跟歌声一样尖细。这歌声常让我想起那种略显无力的礼花炮，洒下星雨般的金色火花，呃，就没了。如果把其他歌者更精彩的献唱比作热闹的连声爆响，相比之下，礼花炮实在不值一提，但它却是任何一盒烟花都少不了的。

绿啄木鸟

在春天，你可能会听到一阵阵疯笑，是那种突然迸发出的响亮的狂笑。这声音来得颇合时宜，就好像隐秘神话里纵情交合的生物正在丛林中横冲直撞地寻欢作乐，同时从这声音本身找到了某种乐趣。

大笑的正是绿啄木鸟，它们有个很棒的别称叫"耶弗"，就是从这笑声得来的。绿啄木鸟只是偶尔会啄击树木，这不是它们最拿手的，而且这声音跟在大斑啄木鸟直截了当的叮叮咣咣后面，听起来总有点像在表达歉意。绿啄木鸟更擅长大笑。

它的笑声富于变化，夹杂着最少一声、最多也许能有三十声的"ha-has""ho-hos"，笑到最后声音略有减弱，音调也有所下降。想象一下，一个人好不容易逃出恶魔的手掌心，魂飞魄散地奔回自己的房间，锁好门窗、拉上窗帘，却听见一个声音说："现在，我们被锁在一块儿了。"跟着就是一阵狂笑。绿啄木鸟的笑声正像这狂笑，只是声调要更高。

不同种类、不同长度的笑声功能各异：当绿啄木鸟要在示威中引起注意，就会发出最长的呼叫声；需要示警或表达激动时，则会用短一些的声音，通常是三音节的笑声。

在开阔的地方，你常能听见这笑声贴着地面传来，对一只啄木鸟来说这的确有点诡异，但绿啄木鸟是食蚁好手，它们很爱落到地面上用啄木的喙直捣蚁巢。它们受到惊动或彼此交流热络时，就会爆发出大笑。你常能在开阔处看到它们沿着啄木鸟典型的上下起伏路线飞离你，绿色的身体在飞行中十分显眼，闪亮的黄色尾梢能对其他鸟起到警示作用。优秀的自然写作者理查德·梅比曾写道，飞行中的绿啄木鸟看起来像小"皮同"一样。每次看到绿啄木鸟飞过，我都会想起这个再恰当不过的比喻。

绿啄木鸟很聒噪，幼鸟也能在秋日里闹出不小的动静来。当你循着笑声向正在后退的绿啄木鸟望去，就会看到你的"皮同"了。

艺术家的标准

　　我前面说过紫翅椋鸟是艺术家，我是在开音乐的玩笑或是在耍嘴皮子吗？是希望在描述鸟的天性时显得辞藻华丽，而不被人做字面理解吗？还是想要把鸟儿比作艺术家？又或是意在指明鸟类是真正具有创造力的、主动寻求表达自我和环境的生命？还是说鸟类是在有意识地制造音乐？

　　上述任何一个问题我都不能给出百分之百准确的答案，但我从来不曾设想过一只紫翅椋鸟会做客深夜文艺栏目，在访谈中自陈心迹："我致力于把所属景观里的各种声音收纳到我的音乐中。因为自身是鸟，我自然收录了许多鸟声，但我也觉得收入其他声音，包括你们人类发出的声音，能让我们达成一种跨越物种的相互理解。我的艺术就是为了逐级跨越纲、目、科、属、种的界限。作为作曲者和演唱者，我的任务就是试着联结其他脊椎动物，像你们这样的哺乳动物，人类，借此来进一步表达生命的真谛：我们共同生活在这个星球上，都应当遵循它的法则。"

　　来我家时，大卫·罗森伯格看起来有点儿丧气。他曾在《鸟儿为什么歌唱》一书中写过莫扎特的紫翅椋鸟，当时正在拍摄一档与书同名的电视节目。作为一名黑管爵士乐演奏家，他常吹奏黑管给匹兹堡国家鸟类公园的鸟听。作为回应，鸟儿们调整了自己的歌曲，罗森伯格以音乐家的敏感捕捉到它们回应自己的方式，又依此调整了为它们而奏的音乐，如此便有了跨越物种甚至是跨越鸟纲与哺乳动物纲的音乐。

　　查查罗森伯格的信息，你会感兴趣的。在他的网站 www.whybirdssing.com 上能听到这些音乐。罗森伯格首先是个音乐家，其次才是哲学家，他相信鸟儿对音乐有着纯粹的热爱，而非仅仅受生理驱使。他最核心观点是，如果鸟儿的鸣唱只是传递信号的生理过程，它们的歌根本不需要像现在这样复杂和动听。哔——哔：这是我的地盘。哔——哔——哔：我愿意跟雌鸟交配。哔——哔——哔——哔：我是个棒小伙。

　　但我们听见的却是云雀倾泻泼洒毫无保留的音乐。

　　罗森伯格的沮丧来自于与科学家们的谈话：他们完全不懂自己在说什么。在各领域的专家中，科学家总会最先坦承自己的无知："我真是不懂。"他们其实不像人们想象的那样傲慢。可作为一种思维方式、一种世界观，科学也会让人很难以其他视角思考问题。与罗森伯格交谈过的鸟类学家们完全不明白他的意思。他全心投入的事业在他们眼中与自身关于先天、后天行为的前沿研究毫不相干。鸟类学家们从未想过紫翅椋鸟是不是艺术家：他们根本不会往这里想，这个问题对他们根本没有意义。让人感慨的是，他们狭隘到觉得罗森伯格不仅思路另类，而且大错特错，完全无意停下来想一想罗森伯格的话有没有几分道理。这对任何一个以为科学家博学多才的人来说，都难免失望吧。

于是我和罗森伯格一人一把椅子，坐到了我家后面的小树林里，正前方是架设好的摄像机，镜头后面是越来越焦灼的导演。但罗森伯格从未跟哪个了解不列颠鸟鸣的人一起出过野外，因而每隔几秒当一只鸟唱起歌时，我便告诉他是哪种鸟，他仔细听过后我们再讨论。最后电视节目终于录完了，工作人员收拾东西的时候我们俩还在原来的位置听鸟，探讨鸟类音乐和人类音乐。

我不是什么科学家。虽然读过一些动物学的书，但还不曾练就做研究的科学家所必须养成的思维习惯，因而可以完全不受限制地自由想象：五十码开外的橡树顶上有一只欧歌鸫正在畅快地即兴表达自己的欢乐，也从自己的演唱中获得了某种快乐。欧歌鸫是"曲库歌手"，建立个人曲库本身就是一种创作行为。我不觉得它为曲库添歌加曲只是为了交配和领地，声音本身必然对它有着某种吸引力。如果以还原主义的思路做最简单的理解，那么不妨接受：欧歌鸫从歌声中获得了某种欣喜。

鸣唱是鸟类生物使命的一个方面，但不是次要的。对雄鸟来说，音乐不是一个可有可无的选择，对雌鸟也是。但我好奇的是，当一只雌性欧歌鸫听到一只雄鸟的精彩唱段，会只想着产卵吗？还是音乐本身也触动着它？

毫无疑问，这些疑问得不到任何来自科学的解答，至少近期内没有这样的可能，即使雄夜莺的歌已经被证实会使雌夜莺大脑中产生化学变化。事实上，任何对于鸟类是不是艺术家的疑问都会马上变得复杂起来，这主要是因为我们坚信人类独立于地球上任何其他生命而存在。毕竟千百年来我们沿袭的就是这样的思维定式。

可是，正如已经证实的，人类不仅有生理需求，也在满足自己生理需求的同时得到了某种享受。我们是唯一有如此体验的造物吗？电视节目中，满是关于生理愉悦的内容：美食节目所展示的，不就是如何满足吃的欲望从而活下去？任何在家里养过动物的人都知道，动物和人一样懂得比较哪种有营养的食物更加可口。电影里也充斥着生理渴求：浪漫喜剧说到底不都是在寻找伴侣、守护伴侣吗？恐怖片不都是围绕着获得、守卫地盘或地位的欲望展开的吗？《罗密欧与朱丽叶》和《麦克白》这两部戏剧都是在讲人的生理欲望以及如何对待这欲望，却无妨它们成为顶级的艺术作品。

鸟儿是自觉的音乐家还是仅仅对生理欲望做出了反应，这本来就不成问题。它们创作音乐，而创作音乐的就是音乐家。至于鸟儿是不是把它们的声音看作音乐，这不是音乐问题而是哲学问题，我不打算像哲人那样探讨它们，至少不是现在。

但鸟儿确实在创造音乐，它们的音乐无处不在。而且鸟儿中最棒的歌手会获得最好的伴侣、最佳的领地，尽己所能地创造最好的音乐绝对不会让它吃亏。一只雄鸟的使命就是拼尽全力成为最好的歌手。歌曲对一只鸟来说比对任何一个人都重要，也正是从这个角度说，作为艺术家，它们的投入程度无人能及。

我从鸟鸣中得到了乐趣，我猜想，鸟儿们从唱曲儿和听曲儿中也会得到乐趣。但乐趣到底指什么？这就有些复杂了。让我们暂且以肯定的语气结束这篇吧。鸣禽从歌唱中获得了满足感。

红额金翅雀

大家爱极了红额金翅雀，外形出挑加上嗓音可人，这种鸟实在让人无法抗拒。正因如此，被诱捕的红额金翅雀数不胜数，有的身陷囚笼成为宠物，有的被填上馅料成为餐盘里可口的点心。RSPB 的前身是鸟类保护协会，成立于十九世纪晚期，当时他们首要任务之一就是拯救红额金翅雀。除了红额金翅雀，还有许多其他物种、地区及其他保护事宜受益于协会出色的工作。（如果作为观鸟者的你还不是 RSPB 的会员，还是马上纠正这样的异常现象为好。）

红额金翅雀为我们的乡村添上了一抹亮色：它们嗓音嘹亮，炫丽的外表也同样让人称奇。通常会认为唱得好的鸟羽色都不靓丽，红额金翅雀则是很好的反例。大家都喜欢与红额金翅雀搭配的集合名词：一群红额金翅雀。它们飞过时黑黄双色的翅膀闪耀夺目，飞行中用以联络的鸣叫声也清脆响亮，可以说魅力十足。

红额金翅雀是留鸟，全年都能听到，但你也知道，春天里它们会唱得更卖力。歌声是急匆匆的一串叮当作响的音符，在我看来有着金子般的质地，仿佛是极袖珍的金乐器演奏出来的。听它完整地演唱一首曲子，你能感觉到毛躁之中隐含着一股冲劲儿，好像得赶在一个期限之前唱完多少音符似的。匆忙之感抵消了一点音乐美，但作为它魅力的一部分，倒也不算是缺点。学着聆听红额金翅雀的时候，你要抓住它歌声里那种非常清晰又普遍的杂音，听来比绿金翅的"zweee"还要急促和尖利。

在冬天，人们常能看到一小群红额金翅雀凑在一起，在地面上、树上，特别是在飞行中彼此呼应。这明快的声音常由三个音节组成，中间的音节多少会被一气儿带过。

当你能从杂音辨别出红额金翅雀，就能仔细听它唱歌了，不仅为享受歌声的欢快动人，更为了熟悉它的声音特质。这种方法在你听每一种鸟的时候都可以用，但对红额金翅雀尤其奏效。等你领会了它的唱法，就能学习它发出的全部声音了。这时候，略施小计就能让你的朋友对你刮目相看。如果告诉他们你能听出柳莺的歌，他们会不以为意地说一句"是吗？"然后换个话题，但当你能听出红额金翅雀并把那群惊人的小不点儿指给他们看，大家才会发觉你真是上道了。当你练就了能随手指出红额金翅雀的本事，就像魔术师轻而易举地从帽子里变出一只兔子那样，人们会意识到你是个天才，这些年都小瞧你了。

黄鹀

对黄鹀的歌声有一个最有名也严重误导人的记忆歌诀："A little bit of bread and no cheese."[1] 在我听来，这歌诀或许捕捉到了鸟儿的心思，却有些不忠于原本的歌声——听起来应该是"bread-bread-bread-bread-bread-breadchee-eese"[2]，除非有时候鸟儿嫌麻烦，干脆省去了最后的"chee——eese"。

但黄鹀很值得你留心去听。理想的地点是开阔的农场，既有让你藏身倾听的树篱，也有供它们栖息歌唱的矮树，不过有时它就落在电线上欢唱。"面包"那部分一开口强度就很快增强，呈现出一连串略微加快的甜美音符；可有可无的"起司"部分则更像一声哨音，常凝缩在两个音节内。

每年当天气刚见明媚，黄鹀就开唱了，而且不是唱唱就算

---

①直译为："一点点面包，不要起司。"
②直译为："面包—面包—面包—面包—面包—面包—起——司。"

了，会一直唱到初夏——那时周围的大多数鸟儿都息声了。所以，要是没能从春天日益热闹的合唱里辨别出黄鹂的嗓音也没有关系，夏天结束之前兴许你就能听出它来了。

节奏家梅西安

    莫扎特的紫翅椋鸟为作曲贡献了自己的一份力，不过这主要有赖于莫扎特高度的——如果不算微妙至极的话——幽默感。但奥利维埃·梅西安是认真的，他根本不把这当作玩笑。鸟儿能创作出堪比人类的音乐，梅西安不觉得这哪里有趣；相反，他认为生命中一个至关重要的真相就是鸟类给人类生活带来了音乐，他还创作了一系列精彩的音乐作品来表达自己的赞誉之情。

    梅西安喜欢说自己是作曲家中最好的鸟类学家，鸟类学家中最好的音乐家，他把自己的身份界定为鸟类学家兼节奏家。他还写了一部七卷大作《节奏、色彩和鸟类学的论著》，书中收录了大量转录自野外鸟鸣声的乐谱。

    但最重要的是，他给我们带来了钢琴套曲《鸟鸣集》。他说："处于低谷的时候，我清醒地感觉到自己的无能为力，这实在很残酷，一切音乐语言似乎都只降低成了耐心试验的结果，一切努力得不到音符以外的任何证明。这时候唯一能做的，就是去森林里、草原上、山岳间、沙滩上寻找被自己遗忘了的真我——在鸟儿中间……鸟儿是真正的艺术家——我的作品因它们而生。"

《鸟鸣集》带给我们长达三小时的钢琴独奏。单是景观的再现就已经够美妙了：它用声音的形式呈现出了山峦和森林的景象，就像吃了迷幻药后出现幻觉那样打通了不同的感官，实现了所谓的"通感"。

不只如此，这样的"声音景观"中还有鸟儿的歌声。熟知鸟鸣的人会对音乐里准确而又清晰可辨的鸟声惊叹不已，但音乐中的鸣唱又绝不是原封不动的模仿，就像乌鸫和紫翅椋鸟效鸣时从不照搬照抄一样。套曲于一九五八年首演，一直是我 iPod 里面的保留曲目：它复杂又振奋人心，特别是使人性之外的世界变得生机勃勃、易于感知。梅西安说，他把鸟儿的鸣唱献给居住在城市里、从未有幸聆听的人们。其实，哪怕熟悉鸟鸣的人去听《鸟鸣集》，那奇幻奥妙也会让你感受到第一次听鸟时的惊艳和震撼。

梅西安最早开始作"鸟乐"——或许他更愿意说是与鸟儿合作——是在一九四〇年，那时他在凡尔登，是一名战俘。在《鸟鸣集》中，他赋予钢琴这种最最文雅、只能摆在客厅和音乐厅里的大块头乐器以野性，用它创造出了住满山鸦、莺鸟、猫头鹰、鸫鸟、百灵的山川和森林。

曾有人问梅西安是否觉得自然优于文明，他说："我不敢回答——我的想法是文明毁了我们，夺走了我们观察时的新鲜感。"

我之所以写这本书，也是希望读到它的人能稍稍摆脱文明的束缚，重拾那种由观察得来的新鲜感。此外，不论是作为对鸟儿音乐的一种赞颂还是作为辅助学习材料，《鸟鸣集》都非常值得你试听一下。

普通鸸

　　如果你的住所附近有很多成年的树木，那么随着你越来越了解鸟的鸣唱，很可能会收获另一个惊喜。普通鸸比你以为的要常见得多，它们常常光顾鸟食台，又是所有老主顾里最坚持"倒挂"的；它们齐整又利落，眼睛周围裹着过浓的黑"眼影"，颔首翘尾，非常好认。

　　普通鸸生性直爽，风格又鲜明，大概是我们最棒的哨子手。它们会随意混搭两种哨声：一种是裁判哨式的颤鸣，另一种清晰洪亮，不带颤音。普通鸸是领地意识很强的鸟儿，随着春天的到来它们冬天的鸣叫会转变为歌唱，且保持着一贯清晰响亮的唱腔。

　　这声音能传相当远，正像很多森林里的鸟儿一样，它能穿透周围的噪音和因枝蔓密实而声效含混的树冠层。在雨林中听鸟的特别之处就在于，望远镜无法穿透植被，但从植被后面传来的声音往往洪亮并且清晰得不可思议。总是隐身树冠层的普通鵟尽其所能地在不列颠的树林里将这一点发扬光大。如果城郊有足够多大树的话，这种鸟儿在郊区也能过得很自如；你也常常能在公园和公地遇见它们，只要那里不是太空阔。当你听见一位"树栖裁判"高高地在你头顶吹哨示意又一次严重犯规时，那就是普通鵟没错了。

煤山雀

你认识了大山雀，又认识了蓝山雀，还有一种常见于花园的山雀也是喂鸟器不知疲倦的老主顾，你也需要牢记它。也许你已经有过这样的经历：听出了一只唱歌的鸟儿是山雀，但不确定是大山雀还是蓝山雀，它听上去没有大山雀那么神气，可又不像是蓝山雀。

这就是煤山雀了。常见的山雀中数它最小，黑脑袋，后颈子上有一大块白斑，看着倒有点獾的模样。我们已经知道大山雀唱的是"啼啾啼啾"，你可以对比着记煤山雀的歌声："啼啾啼啾啼啾啼啾。"

煤山雀听上去就像快进版的大山雀，更急更尖促的歌声正合乎它小小的体型。像所有山雀一样，煤山雀的歌声有各式各样复杂的变化，也会把几个简单的音唱个没完。好在山雀科的鸟儿与其他鸟儿区别明显，开头还是很好辨认的。而当你真到了要辨认是哪一种山雀的时候，记住它们的体型就够了。大山雀体型大，因而唱得最响亮、最嚣张；蓝山雀体型居中，因而歌声最中不溜儿也最忧郁；煤山雀最袖珍，歌声也比其他两种山雀更急更尖。

如果你还觉得有点困惑，那就感到庆幸吧，庆幸我们可以尽情享受这么多种山雀的歌声。感到困惑也是享受生物多样性的方式之一：经过一番努力和尝试后才会觉得困惑，嫌这一切太麻烦的话，也就根本不会发现竟有那么多种鸟了。

节奏组

你要是跟比尔·奥迪待在一块，就总能听到哼唱声。他不是在默默地想着音乐就是把音乐挂在嘴边，可见音乐对他有多重要。当他和我分别作为世界土地信托基金的长期支持者和委员会成员，一起代表基金会旅行到赞比亚附近时，我们听见了好多的"唰唰唰嘭嘭嘭"。

比尔不止一次地感慨："听听，这节奏！"一次又一次，击中他的总是自然的"节奏"而非"旋律"。奏响风铃般合唱的青蛙，在飞行中呼朋引伴的白额蜂虎，在地面上一边觅食一边呼叫的长尾丽椋鸟，在夜里发出长鸣的蟋蟀……它们各有各的节奏，不论是否有意为之，节奏都是丛林生活的一部分。

大多数摇滚乐的节奏是连贯有力的四分之四拍，哺乳动物生命伊始的心脏跳动也是同样的节奏。但那不过是其中一种，自然界中其他声响的节奏就不那么容易捕捉了。毕竟，梅西安自诩为"节奏家",要说《鸟鸣集》中最大的亮点,大概也正在它节奏的复杂性。

鸟儿是音乐家。所有音乐都有着某种节奏,不论它多么地无规则、不连贯或难以跟上。有时候,节奏就是鸟儿组织歌曲的一种方式,欧歌鸫的重复鸣唱是一个再明白不过的例子了。即使是云雀,它们不停顿、无休止的歌声中也有节奏,尽管没有那么明显。

但有些时候,节奏显然是随机的。你能从屋檐上麻雀的"啾啾"、一群田鸫的"喳喳"、垃圾堆附近红嘴鸥的尖叫声里听出一点节奏的意思,可是你刚开始跟着用脚打拍子,那节奏马上就转换、改变、减弱或是加快了。鸟儿们知道自己在变奏吗?它们对一起发出的"和声"中难以捉摸的节奏有反应吗?

无论如何,"节奏"这个概念对于我们理解、聆听和学习鸟鸣是有帮助的,尤其因为我们自己作为哺乳动物对节奏有着特殊的偏好。我无法断言节奏对鸟儿的意义,更谈不上青蛙和蟋蟀了。但一切刻意发出声音的生物都会对自己听到的声音有所反应,不然发声本身也就失去了意义。我认为节奏,审慎地说,至少是帮助人类聆听鸟鸣的一种有效方式。

我还记得大概是比尔在他的野生动物节目主持生涯中最精彩的一刻。当时他正在聆听长脚秧鸡——这也是一种能叫出自己学名"Crex crex"的鸟——比尔听着听着就哼起了《蓝色多瑙河》:

Da dada da dum——

长脚秧鸡的叫声插进来：Crex crex! Crex crex!

Da dada da dum——

Crex crex! Crex crex!

这是生命的节奏。

白鹡鸰

　　白鹡鸰的鸣叫总是萦绕在你耳边，因而很有必要弄明白它的声音，这不仅是为了认识这种鸟儿本身，更是为了确保自己不会把它的声音误认成其他的。在伦敦的时候，我常在泰晤士河畔听到白鹡鸰。我一般会待在莫特莱克，接近牛津和剑桥赛艇对抗赛的终点。赛艇队到达奇西克大桥就停止竞速，让划艇漂过正中的桥拱，队员们要么在全身酸痛中获得胜利，要么在更加酸痛中承受失意。

　　奇西克！这正是白鹡鸰的叫声。我曾见过一只白鹡鸰一边飞过奇西克桥，一边唤着它的名字。（我不觉得"奇西克"打破了"Pee-oo"不注音原则，对吧？）

　　白鹡鸰频频鸣叫，因为它们喜欢以此与配偶保持联络。它们也喜欢边飞边叫，特别是起飞和落地的时候；简单的两个音节欢快明丽，像它们活力十足的飞行那样让人振奋。白鹡鸰并没有什么称得上歌曲的鸣叫，但它们会把好几种"奇西克"的变体组织起来，只要记住这个核心叫声，其他就很好辨认了。白鹡鸰是种活泼愉快的小鸟，它们简单的曲目也为世界增添了一份欢乐。

草地鹨

　　请注意。草地鹨的叫声可以归入沉闷的基础课，但专心学的话，日后你就会派上用场，最终还会收获一份精美大礼。但还是脚踏实地从它们的鸣叫学起吧，因为不认准了这个声音，一到开阔地带和高地区域就彻底分不清了。

　　你总能听到草地鹨，因而务必要听出它们来，不然就别指望自己能分辨出什么别的声音了。草地鹨总是上述地方的一部分。大部分你见到、听到的棕色小鸟都是草地鹨，但又不全是。你必须得把草地鹨的鸣叫、鸣唱记清楚，才能分辨出其他鸟来。

　　它们不是多么出色的歌手，听着像各种小棕雀儿①，长相也像。基本的鸣叫声就是它们的名字"pipit"，常常简化成"pip"；受惊时叫声更为高昂，一边叫一边飞离你，大概你最要好好学习的正是这个声音。

_____

①观鸟者对数量众多的棕色雀形目小鸟的称呼，它们因为相像而很难辨认。

它们的歌声很平常，也谈不上什么旋律，倒是很讲节奏，是一串"吱吱吱"。但，大礼来了：春天里，它们会时不时飞歌一曲，煞有介事地腾空，以双倍的热情和投入"吱吱吱"地唱着，然后像枚巨大的羽毛球一样降落下来。

这是这种最貌不惊人的小鸟最激动人心的时刻了。但它简直是不要命了——在任何一只飞过的猛禽眼里，它都是唾手可得的一顿美餐，这样的动静仿佛在有意引逗这一片区的雀鹰。不过，也正是这样虚张声势的爆响和不管不顾的鲁莽，才能帮它赢得一只雌性草地鹨的芳心，并让它的同性竞争对手明白，这伙计可不是好惹的。

每一只鸟儿都有自己的精彩，哪怕是——或许尤其是——那些最乏味的鸟儿。论歌喉、论长相，草地鹨都堪称沉闷乏味之最，但就算是它们，也会在你观鸟的一年里带来精彩的表演。

农民和放屁鹑

　　农民和放屁鹑[①]，詹姆斯·乔伊斯是这么叫的，我也这么叫吧。它们跟草地鹨一样常见，因而你最好也把它们的声音记清楚。否则，每次漫步乡间你都会被它们误导，那就不好了。每年，打猎的人会在乡间放养四千万只雉鸡，因而你总能听到它们。生命史上从没有过哪种生物因为容易死而生长得如此蓬勃。

　　雄雉鸡"喔喔"地叫，全年不歇，但自然春天会叫得加倍卖力。这时候，它们通常会找一片高地，叫完紧接着呼呼地扇一阵翅膀。这是你能碰见的最装模作样的鸟类行为了：要是小蟾蜍[②]是一只鸟，肯定会学雄雉鸡的样子来取乐。雉鸡也是最不镇定的鸟，它们打算采取捉迷藏策略，却又没有那样的胆子，总

---

①农民和放屁鹑（peasants and phartridges），指雉鸡和灰山鹑（pheasants and partridges），玩笑开在字母"h"上。
②迪士尼动画片《伊老师与小蟾蜍大历险》中的一个形象。该片由詹姆斯·阿尔格执导，讲述了小蟾蜍的历险故事。

是在最后一刻一跃而起——这个动作对雉鸡来说可不是那么容易，因而让它们显得尤其滑稽——疯了一样咯咯咯喔喔喔地叫个不停，往往惊得路过的人跳起来、过路的马歪向一边。

本地的灰山鹑近来不是很常见了，因而狩猎的人往乡间放养了好些外来的红脚石鸡。你常能在旷野附近听到它们，特别是在靠近边缘的树篱周围。它们发出一连串低沉暗哑但很有节奏的咯咯声。还有一种相近的鸟叫嘎嘎鸡①，也会被放入乡间繁殖。红脚石鸡倒是总会发出一连串嘎嘎的叫声。

我们还是回归正题来谈鸟儿吧。

---

①也译作"石鸡""红腿鸡"，它颈胸的毛色与红脚石鸡有所区别，后者前颈的黑色圈以下、前胸的位置呈深色条纹状。

快乐哟!

正是在听鸟者的第二个春天，某一个瞬间你会突然开窍，意识到自己为什么费这么大劲来读这本书。原因很简单，就是有乐趣。

当你在第二个春天听到第一只归来的候鸟，就会与这愉悦的瞬间不期而遇，而随着其他候鸟陆续抵达，这种快乐还会持续下去。你会满心欢喜，因为自己能认出一些鸟了，而且你清楚地知道，这个春天自己将学到一些还不熟悉的鸟。歌声的美妙会带给你很多快乐，而春天的到来更会带给你双倍、三倍的快乐。

希腊人有一种很好的问候方式：herete! 用的是祈使语气，就像在命令你：要快乐哟！杰拉尔德·达雷尔在《追逐阳光之岛》的"嬉春"一章中就提到过人们用这种方式互相问候："快乐哟!

在这样的季节里，如何能不快乐呢？"①

　　成为一名观鸟者有很多好处：能区分不同的鸟；能列出许多鸟来；对散步变得更有兴致；为进行鸟类普查打下了基础；让你了解音乐，了解旋律和节奏；让你了解生物的多样性；让你思考一些关于先天行为与后天行为的最最迷人的问题。我之所以写这本书，也是出于这样一些有意义又重要的理由，但我们听鸟，最主要还是为了每只鸟带给听鸟者的快乐：是一瞬间、一天、一个季节的乐趣，也是一生的乐趣。

　　你会听到叽咋柳莺，它们是最早飞越海峡回到英国的莺鸟。当它们从高大树木的顶端唱起节奏感颇强的小调来，你见到这些最早赶回我们身边度过欢乐一季的鸟儿，会觉得像见到老友一样亲切。

　　不久你就能接二连三地听到其他渐次回归的候鸟了：家燕快活又复杂的啁啾啾啾，黑顶林莺尖利刺耳的起音与饱满响亮的主旋律，柳莺甜美的"滑下音阶"曲。春日大戏的主角就是这些候鸟，而且你会发现自己也深深参与进来了。

　　但仍有很多要你去学习，不过这不是正合你意吗？ Herete!

---

① 引自《希腊三部曲Ⅰ：追逐阳光之岛》，唐嘉慧译，中国人民大学出版社2008 年。

226

白腹毛脚燕

白腹毛脚燕发出的声音像放屁，要说得好听点，就是空中的"啧啧啧"。它们差不多和家燕同时飞抵英国，在房檐下筑起泥巢。遗憾的是，白腹毛脚燕的数量比往年有所下降，不过它们仍很常见，而且它们俯身掠过草尖的时候，尾端的白色非常明显，很容易与家燕区别开来。

它们的声音也很独特。这种不扎堆就不能真正快活起来的鸟儿最喜欢的就是用蜻蜓点水般的震颤"啧啧啧"地彼此联络。仔细用耳朵去捕捉这个声音，错不了的，当你听到它从头顶上方传来，抬起头，就会看见一大群欢快的白腹毛脚燕，它们很可能是在捕食昆虫。

它们也有自己的歌，是那种俏丽的小曲儿，但较为温和，也不很鲜明或容易识别。它们只在巢前歌唱，其实就是从鸟巢里唱：由于喜爱结群营巢的缘故，它们守卫的从来不是一片"领地"，而只是自己的巢（和巢里的配偶），因而只要邻居听得到就够了。如果你的屋檐下也住着白腹毛脚燕，你能经常在楼上的屋里听到它们的歌声，但通常在楼下就听不到了。

即使在一年中最自顾不暇的繁殖季，这些鸟儿也将自己视为群体中的一员。这也是为什么它们最典型的声音——欢快的空投屁——是团结之音而非敌对之音。

庭园林莺

在梅西安的《鸟鸣集》中，最长的一支曲子《园林莺》是献给庭园林莺的。在我的这版录音里，这支曲子长达三十三分二十四秒，可见确实有些与众不同。同时，庭园林莺也是一种内行人才能欣赏的鸟，需要你学习和逐渐习惯，是在你听鸟的第二个春天才会开始掌握的一种鸟。

众所周知，庭园林莺很容易与黑顶林莺混淆。对于这两种鸟，我有个万无一失的办法：不要看。请务必相信你自己的判断。只要认真听两种鸟完整地唱完各自的歌，你就会发现它们并不是那么相像。这点从道理上也说得通：当一只鸟唱歌的时候，需要它的同胞马上听得懂。我们已经知道，鸟类的听觉比人类要灵敏，但它们在传达信息的时候，任何含糊之处都是不利的。歌声从不以模棱两可为妙。黑顶林莺歌里的每个音都饱满清丽，那种尖利、有挑战性的音要更多一些，而且它们喜欢唱唱停停，更能显出结构上的安排。

　　但别去操心庭园林莺的歌不具备哪些特质了，我们直接来听歌曲本身。比起其他任何一种莺鸟，它的歌都更合乎那种典型的轻快婉转的鸣唱。虽不及云雀的歌声那样连贯——本来也无谁能及——但庭园林莺还是喜欢唱得长一些。这歌声传达出一种随性的探索，仿佛歌手是在即兴创作，自己也不确定接下来会唱到哪儿去，好在它技巧高超，还不至于陷入一片混乱。

　　这歌声并不着意强调什么，也不带有多么洪亮纯正的音符，连节奏和音调都让人觉得明白如话；并不意在一鸣惊人，但依旧是一曲精心准备过的自我陈述。你常会听见它们藏身在头顶的高度放声歌唱，唱得若有所思，并通过个性化的变奏和不着痕迹的模仿，有所节制地展露着自己的别出心裁。聆听它们的歌需要一些耐心，要静等歌手把一支曲子细致地缓缓地铺开。它们属于那种不求闻达的音乐大师，真正不显山不露水的歌唱家。庭园林莺很爱唱，而且会一直唱到季末。不过，我之前提过，待它们飞抵非洲南部的越冬地，便会接着唱下去，就好像春天被突然逐出英国，来到了非洲树木繁盛的大草原，在那里，它们会忘记庭园，转而唱给大象听。

灰白喉林莺

人们通常用"刮擦""刺耳"之类的字眼来描述灰白喉林莺的歌声。这歌声似乎总带着那么点嘶哑的感觉，有些洛·史都华的味道。我有位朋友有支在酒吧驻唱的摇滚乐队，他总要求女歌手："往粗野里唱！"嗓音里得带有那种嘶吼和破音的感觉：摇滚乐该是简单的，要是纯美起来，可就不对劲了。

灰白喉林莺就是莺鸟中的洛·史都华，喜欢唱得粗野些。经过树篱时你会听见它们，它们喜爱茂密的植物和严实的遮盖。当我给自家种下的树篱终于足够茂密，能让一只灰白喉林莺安家时，那一刻还真值得铭记。

每隔一定的间歇，它们就会从遮盖后面"刮擦"出不长的一句歌。它们也喜欢茂密的黑莓灌木。灰白喉林莺的叫声跟鸣唱有着一样的音色，可以以同样的特点来辨认，只是喘气的声音略重一些，并且有明显的节奏。

歌唱中的灰白喉林莺会不时地"发次疯",即经历一阵狂喜:歌声会突然加强并甜蜜起来,歌唱家自己也心满意足地从它藏身的树篱腾跃而起,在上空欢蹦乱跳地炫耀,好像在说"去他的雀鹰,我就是无与伦比,才不在乎给谁知道"。有时候,当它们穿过领地从一处唱到另一处,或是正跟雌鸟打得火热,你也能听到这样"增强版"的歌声。

　　只要有长势不错的树篱,农田里也常能见到灰白喉林莺。有很短的一阵,它们几乎无处不在,但随着春天结束,它们就归于沉寂,飞走了。

夜莺

终于说到歌王了。夜莺是歌手中的歌手，是这本书里唯一绕不开的一种鸟。大部分人得费一番工夫才能听到一只夜莺。如果没有观鸟的友人告诉你去哪里寻找夜莺，可以打电话询问当地的 RSPB 办公室或所在郡的野生动物基金会。当然，你真该加入这些重要的组织，否则，事后肯定会为这样的失误感到歉疚，收获的快乐也因而大打折扣。

夜莺的行迹最北就到英国，它们在这里的活动范围并不大，你只能在英国南部见到它们。如果你住在北边，就得经过一番舟车劳顿了，比如说到 RSPB 有名的明斯麦尔保护区来，但相信我，你绝不会为这番辛苦而后悔的。

夜莺在夜里歌唱，但它们白天也唱。从四月末到六月初的几周里，它们几乎是不停歇地唱，过了这段时间便销声匿迹，直到来年再次回到这片繁育之地。仲春时节，即使白天里歌声交杂，夜莺也会在群鸟中脱颖而出。而在夜里，它们的表现更是惊艳。我曾在凌晨三点抵达明斯麦尔，刚下车还没迈出一步，就听见夜莺震耳欲聋的歌声从保护区办公室后面传来，热烈而奔放。背景里还有大麻鳽发出的低沉闷响——毕竟这是在明斯麦尔。

在追寻夜莺的过程中，我也有过在其他地方下了车什么也没听到的经历。"昨晚这里真的有一只夜莺在唱歌。""可现在并没有。"第二天夜里我们再回到那里，满耳净是夜莺的歌声。我们又走了一英里，才来到这些歌手跟前，在宁静的夜里，夜莺美妙的歌声能传很远。

夜莺的歌有着捉摸不定的复杂性。在一项研究中，一只雄夜莺展示出两百五十种不同的乐句，而它的曲库里有六百个不同的基本音。从夜莺的一首歌里你可以明明白白地听到两个基本的组成部分：前一部分是异常清晰热切的短哨音，强度和音量逐渐上升，最终达到《当哈利碰上莎莉》中莎莉在熟食店中演绎的那种高潮。后一部分则近于一种深沉的跳动的鼓点。夜莺所展现的不光是"美"这样直接的概念，它的长项更在于热忱和音量。

　　吱 吱 吱
　　唧 唧 唧 唧 唧 唧 [1]

---

[1] 引自《荒原》，T. S. 艾略特著，赵萝蕤译，中国工人出版社 1995 年。

正如 T. S. 艾略特在《荒原》里写的。大诗人拼注一种鸟的叫声，这样的例子可不常见。

但夜莺不仅给我们带来旋律和节奏，在轻松转入人们期待的纯正音符之前，它会夹进大量嘶哑、刮擦的粗糙乐句，粗粝程度同样让人惊讶。惊人的变化幅度，使得歌曲气势逼人。听一段自己能控制音量的录音，只能让你对夜莺的歌唱有那么一点概念。一旦你真的听过了它的歌声，就再也不会认错了，不需要练手，几乎刚一起头你就能认出来。夜莺就是这样独特和出众。

夜莺的歌里包含着满满的投入、焦虑、欢庆、喜悦，以及最重要的音乐，让人无法相信它只是像时钟那样受内部机械装置的驱使在做出反应。听一只夜莺，你必然会觉得自己在聆听一只纯粹热爱歌唱的生灵，会觉得声音对于它就是最重要的，以此印证生命的意义所在。如果笛卡尔还要坚持己见说，非人类的生命无法像自己一样思考，因而不具有真实的存在，那么夜莺的答案会是：我唱，故我在。

如果你曾为"非人类的生物有可能是自觉的艺术家"这样的观点动摇过，夜莺会帮你坚定立场。拒绝承认夜莺的精湛演唱是它有意甚至自觉的行为，这样的态度在我看来有悖常情。有些哲学家可能会有另外的考虑，但某些所谓"热爱智慧"的人从未在五月温暖的夜里坐在一棵树下去聆听一曲夜莺之歌。

一些认真聆听的人对夜莺的停顿也称赞有加，几乎达到了称赞歌声本身的程度。"停顿"是指夜莺似乎在巧妙地留出余地，以制造一种悬念和期待的心理。这样精心安排的延迟，反而使聆听者获得百倍的满足感。夜莺一次又一次地成为人们书写和称颂的对象，激发了无数诗人的灵感，而最棒的一点在于，这种鸟从未叫人失望。每年五月，这歌声带给我的惊喜都不亚于二十多年前当我第一次认出它来的时候。

也有些聆听者觉得夜莺的歌声难以忍受。《不列颠鸟类大百科》是一本很出色的参考书，书中引用了政治家、鸟类学家爱德华·格雷爵士的话，他表示自己喜欢乌鸫甚于夜莺："夜莺的歌可以仔细听听，但很难经久享受。"还引用了美国博物学家路易·哈雷的观点："夜莺的歌声跟巴赫的音乐、波提切利的画，或是莎士比亚的作品是一个道理。有时候你真想祈求它赶紧停下来吧。"

当然，夜莺的歌声最显著的一点还是在于它过于嘹亮的声音特质。杰夫·桑普尔在他的杰作《鸟类的鸣唱与鸣叫》中说道："与其说夜莺是技艺精湛的音乐家，不如说它是发声运动员。它放歌的时候很像歌剧里的女主角或是重金属乐队里的主音吉他手。"

我呢，还是愿意把这些听后感留给真正进行深入研究的专家去琢磨，正如年龄渐长的足球评论员坦然承认，比起世界杯决赛，他们更享受本地非联盟球队的比赛。但把握夜莺势不可挡的噪音还是很重要的，我是说去领会它的歌声以怎样无与伦比的强度在触动人心。上帝知道，这歌声在以什么样的强度触动一只雌夜莺的心。

心痛

正如每一位绘画大师都得画一幅圣母玛利亚，每一位英语诗人似乎也都得给夜莺献上一首诗。你可以自己领会诗人们下的结论，但不得不承认的是，鸟儿的鸣唱深深触动着人们的内心，像云雀和夜莺这样精彩的演唱者更使得大家不吝用最美妙的词句赞美它们。

约翰·济慈的《夜莺颂》[①] 是其中最有名的，无论何时读来，这样的开头都是一绝：

> 我的心在痛，困盹和麻木
>
> 刺进了感官，有如饮过毒鸠……

这为一个科学现象做了有趣的注解：雄夜莺的歌会对雌夜

———————————
①引自《济慈诗选》，查良铮译，人民文学出版社 1958 年。

莺的大脑产生化学作用。据说济慈在汉普斯特德听到了这只夜莺，一天之内便写出了这首颂诗。可惜的是，现在住在汉普斯特德的知识分子不再有夜莺来激发他们的诗情了。济慈对英格兰最伟大的歌者做出了热烈的回应后，又转而沉思：欢愉在本质上难以让人满足，死亡也在所难免。他"几乎爱上了静谧的死亡"，预见自己死去、被埋葬，而夜莺正在他上方歌唱：

> 永生的鸟啊，你不会死去

塞缪尔·泰勒·柯勒律治引用了约翰·弥尔顿对夜莺的看法，但他拒绝接受弥尔顿的观点：

> 听呵！夜莺唱起了宛转的曲调，
> 这"最为悦耳，最为忧郁"的鸣禽！
> 忧郁的鸣禽么？哦！无稽的想法！
> 自然界的生灵不知忧郁为何物。[①]

有关鸟的诗歌，有一点非常古怪，人们，至少是诗人们，往往会对如何回应鸟儿和它的鸣唱更感兴趣，而不是对鸟本身。重要的不是鸟，而是鸟所代表的含义。它得是某种符号和象征。鸟儿存在的全部意义似乎就在于使人们更清楚地认识到自己的问题，似乎它必须得对人之为人给出某种启示，否则就像荒林

---

① 《夜莺》，引自《柯尔律治诗选》，杨德豫译，广西师范大学出版社 2009 年。

里倒下的一棵树一样跟我们无关。

约翰·弥尔顿由夜莺延伸到爱情：

> 你那流畅的曲调促使白昼的眼睛垂闭，
>
> 在杜鹃的轻嘴薄舌之前，先听到你
>
> 预示爱情的成功……[1]

约翰·克莱尔跟大部分其他诗人比起来，总是更关注鸟本身，而不是把它们当成某种符号。像往常一样，他的这首诗[2]或许称不上最好，却是对夜莺这种鸟最美的赞颂：

> ……整整一天
>
> 她仿佛以歌为生……
>
> 嘴儿大张地释放心中
>
> （因激动而）抽噎出的歌。

在人们心里，夜莺与爱情是分不开的，而从鸟类学的角度来看，这也很有些道理。无论是从热烈的感情来看，还是从强烈抒发出这种感情的生理渴求来看，夜莺的歌似乎都是在歌颂爱情，人耳听来当然也是如此。一只真正的而非臆想中的夜莺的歌唱，也自然是以此为核心的。不能顺着这个思路再说下去

---

[1] 《给夜莺》，引自《弥尔顿抒情诗选》，朱维之译，上海译文出版社 1993 年。
[2] 指《夜莺的巢》。

了，但无论你赋予这歌声什么样的人类价值，它都要求鸟儿极大地投入体力。短短几周的歌期要求它把全部心思都放在歌唱上，连停下进食都很少。几乎从一开始，外强中干的鸟就出局了。它们确实是在用生命歌唱，那热切的体能投入从歌声中流露出来，不用将它们人格化，人们也感觉得出来。

黎明合唱团唱起来了，罗密欧和朱丽叶的幽会就要结束。朱丽叶说：

> 你现在就要去了吗？天亮还有一会儿呢。
> 那刺进你惊恐的耳膜中的，不是云雀，
> 是夜莺的声音；
> 她每天晚上在那边石榴树上歌唱。
> 相信我，爱人，那是夜莺的歌声。[①]

罗密欧回答：

> 那是报晓的云雀，
> 不是夜莺⋯⋯
> 再会，再会！给我一个吻，我就下去⋯⋯

你大概也留意到了，人们以为歌唱的是只雌夜莺，正为爱

[①]《罗密欧与朱丽叶》，引自《莎士比亚全集》（增订本）（上），朱生豪译，译林出版社1998年。原书为散文体，此处依照本书做分行处理。下同。

情忍受着难言之痛，因而一边唱一边将棘刺戳进自己的心脏：

> 可怜鸟儿她孤独凄凉，
> 伏身在带刺的花枝上。

两句诗出自十七世纪诗人理查德·巴恩菲尔德。

不过，暂且让我以一首简单明快的情欲诗来结束这对人类和夜莺的爱情礼赞吧。诗人是人见人爱的"佚名"，约翰·道兰德曾为它谱上了鲁特琴曲：

> 我的愉悦在漆黑的夜；
> 夜莺的也是如此。
> 我的音乐也留在黑夜；
> 夜莺的也是如此。
> 我的身体小巧纤长；
> 夜莺的也是如此。
> 我爱睡在刺的近旁；
> 夜莺也是如此。

美妙的音乐

我们并不孤单。这是沉浸于听鸟之后必然会得出的结论。鸟儿的鸣叫、鸣唱一年到头陪伴在我们左右，几乎无处不在，甚至在城市里也是如此。鸟儿的叫声凝结了地理景观，它既是景观发出的声音，也是组成这景观的重要部分。

鸟儿不仅样貌可观，声音也可听。它们是人类在自身生命之外，感知最强烈的生灵。人们痴迷于鸟类研究，也痴迷于鸟儿本身，是它们用声音告诉我们：我们共享着这个星球，人类不是也不能独自存在。

我希望，通过读这本书、听我们的播客，你会前所未有地感觉到，原来身边生活着这么多种不同的鸟。我希望，你在抄近路穿越公园的时候能听到大斑啄木鸟；在火车站能听到欧歌鸫和红胸鸲；在花园里不仅能听到红胸鸲和乌鸫，也能听到林岩鹨和黑顶林莺。

当你聆听、观察鸟儿，当你越来越感知到它们的存在，就会发现自己也更留意物种间的差别了。尽管本书只谈到了极为有限和常见的一些鸟种，但也充满对生物多样性的赞颂。一本普通的田野指南抛给你的鸟就可以多到让你永远看不完、分不清，除非你跻身这一领域顶级专家之列。

正因为很难接触到，在全世界一万多种鸟中那成百上千的未知的鸟才更让人兴奋。地球上最激动人心的事实莫过于生命的载体是如此丰富多样，这一点通过观鸟最好理解：再次走过一片树林，你会留意到十几种鸟，而不止是一种两种了。

还有一点是，我们人类所以为的独特孤立的境况，其实并非我们独有。听鸟的过程中，我们频频遭遇灰色地带，那些缓冲地带、过渡地带，两条公认的事实之间的"生态过渡带"。没错，鸟类是鸟类，人类是人类，但纵观历史，我们始终坚守的和地球上其他生物间的藩篱，究竟有多坚固呢？

无论是巴赫还是披头士，无论作曲家是莫扎特还是紫翅椋鸟，音乐几乎是每个人生活的一部分，我们都会被音乐感染：被一支美妙的曲子感动得说不出话来，被一首好歌带动用脚打起欢快的拍子来。高兴的时候，我们会哼着小曲儿开始整理一天的杂务。鸟儿也是。乌鸫与人类都是有乐感的生灵，我们都被音乐感染也创造着音乐。

人类与其他生命形式之间的联系不在于把它们当作表达多愁善感的对象，而是生态学上的。联结人类与鸟类的，是远古时期共同的先祖和现在共存的地球。也就是说，我们通过进化和生态系统彼此联结。此外，环境、对旋律和节奏的共同爱好也把我们紧紧连在一起。

我们都是有创造力的生命：人类在工作中、在家务上进行创造，比如做一顿美餐、搭一个结实的架子等；鸟儿们筑窝结巢、谱就歌曲。你可以争论说鸟儿不是自觉的艺术家，但无法否认它们是有创造力的生灵，并且人类的创造性自我对于创作力较强的"曲库歌手"有着更为强烈的认同感。在我看来，拒绝承认鸟儿的创造性是徒劳的，就像否认它们的歌声之美一样，不成论据。

我们的共鸣可以延伸到自身之外，进入鸟儿的生活，去体会它们世界的声与色，因为我们栖居于同一个感官世界。因此，我们可以更好地直观理解生命在地球上的运转方式。通过听鸟，我们才意识到，如果一个物种独大，而对其他物种不管不顾，生命是无法维持的；生命是通过一张包含众多不同事物的复杂网络运作的。我们是这个包含创造、认知与生存的连续统一体的一部分，我们可以在听鸟的过程中，透过心智、勇气和灵魂来达成这一层理解。并且，我们完全可以乐在其中。

留心去听吧，去聆听意义、聆听真实、聆听生命。去聆听鸟儿们。

播客和其他资源

在我为本书编辑的播客中，你能听到鸟儿们为自己代言。播客包括书中六十六种鸟类的声音和我对它们的简单介绍，希望这能帮助你更好地辨识鸟类。如果你不会用播客，也可以登陆 www.shortbooks.co.uk，搜索 *Birdwatching with your Eyes Closed* 即可收听、下载。

如果你想了解一种不列颠鸟类，可以在搜索栏输入鸟的名字和"RSPB"，RSPB 的对应页上便有它的简短描述及录音片段。杰夫·桑普尔的《柯林斯鸟类的鸣唱与鸣叫》一书中也有不列颠所有鸟类的详细描述和 CD 录音。此外 www.wildsounds.co.uk 上也有大量鸟类和其他自然声音可供付费收听，这本书的配套播客也是他们制作的。

索引

Index

图书在版编目 (CIP) 数据

聆听：与一只鸟相遇的最好方式／〔英〕巴恩斯著；邢栎森，喇奕琳，罗雅方译—
北京：新星出版社，2016.4
ISBN 978-7-5133-1745-0

Ⅰ.①聆…　Ⅱ.①巴…②邢…③喇…④罗…　Ⅲ.①散文集－英国－现代
Ⅳ.①I561.65

中国版本图书馆CIP数据核字 (2016) 第003452号

聆听：与一只鸟相遇的最好方式
〔英〕西蒙·巴恩斯 著
邢栎森　喇奕琳　罗雅方 译

责任编辑　汪　欣
特邀编辑　赵丽苗
装帧设计　宋　璐
内文制作　王春雪
责任印制　李海坡　史广宜

出　　版　新星出版社　www.newstarpress.com
出 版 人　谢　刚
社　　址　北京市西城区车公庄大街丙3号楼　邮编 100044
　　　　　电话 (010)88310888　传真 (010)65270449
发　　行　新经典发行有限公司
　　　　　电话 (010)68423599　邮箱 editor@readinglife.com

印　　刷　北京汇林印务有限公司
开　　本　850毫米×1100毫米　1/32
印　　张　8
字　　数　150千字
版　　次　2016年4月第1版
印　　次　2016年4月第1次印刷
书　　号　ISBN 978-7-5133-1745-0
定　　价　45.00元

著作权登记图字：01—2015—1374